卒業旅行

The Graduation trip / Contents

オン・ザ・ロードのメンバー紹介

On the Road

ノエル
Noel / Bass
クロエ
Chloe / Vocals

イラスト……丹地陽子
写真…………グレン・サリバン
造本…………矢野のり子（島津デザイン事務所）

The Graduation Trip

1
オン・ザ・ロード
On the Road

もう数えきれないほどの夜
ぼくのとなりで眠(ねむ)る人がいる
その人の笑い声で目が覚める
とても静かな真夜中
ただ風の音がしている

夢のなかでも楽しんでいる
好きなギターを弾(ひ)きながら
夢の世界でも笑っている
とても幸せな真夜中
ただ星の光が降っている

原詩を書いたのは、わたしだった。
詩を書くのは昔から、わたしの趣味(しゅみ)のようなものだった。
あるときふと思いついて、自分で英語に直してみた。とっても下手な直訳だった。
クロエに見せた。
「これをもとにして、わたしたちのバンドのオリジナル曲の歌詞を書いてみない?」
一読して、クロエは首を縦にふった。

「あたしが書きなおしてあげる。ちゃんと歌えるような英詞にしてあげる」

わたしの英語を、クロエが直してくれた。翻訳の手直し、というよりは、歌詞としてつくりなおす、という作業だった。

ある単語を別の単語に言いかえたり、前置詞や冠詞をととのえたり、ことばを補ったりしながら、彼女はハミングを始める。最初はリズミカルに。それからゆっくりと、命綱をたぐりよせるようにして。ときには一行をまるごと削って、別の一行を当てはめたり、思いついた別のイメージを加えて、新しい数行をつくりだすこともあった。

そうやって、クロエは「歌」を生みだしていく。

「韻を踏むことがすごく重要なの、英語をメロディにのせるためには」

Endless nights, in bed beside you
Waking up at midnight
Your laughter makes me all right

Wind in the trees blowing through

するすると、メロディが姿をあらわす。

草原のなかに隠されていた、ひとすじの道が見えてくる。

ときには、明るい陽射しの降りそそぐ秋の小道が。

ときには、粉雪の舞いおちる真冬の小道が。

それを譜面に書きとるのは、イーサンだった。

書きとった音符を、彼はすぐさまピックで弾いてみせる。「ボクのソウルメイト」と呼んでいる緑色のエレキギター。六本の弦が、彼いわく「緑の魔法」を使いはじめる。

「こんな感じかな。どうだい、そこのドラム野郎、ここはこのコードでいいのかな」

つぶやきながら、イーサンはニックに視線を送る。

「いいんじゃない、どんどん来いって感じだよ」

うなずきながら、ニックはギターに合わせて、ドラムでリズムを刻む。とたんに音楽が立ちあがる。立ちあがって、スキップを始める。

これが三人の作曲方法だった。

クロエは、両手を波のように動かしながら歌う。

あたたかくて深みのある、ハスキーな声だ。高音になると澄みきって、天高く舞いあがる鳥のように伸びる。

歌いながら、踊っている。ダークブラウンの長い髪の毛が揺れる。彼女にとって、歌うことは踊ることで、踊ることは歌うことなのだ。いつだったか、だれかが言っていた。クロエは「歌を見せるシンガーだな」って。

「ああ、そこはそうじゃないな、こうだよな。そうだ、この音だ、こいつだ。タラララー、タラララー、タラッタタラッタ、ルルルル……」

イーサンは旋律を修正し、

「だったら俺は、こう来るか?」

ニックはリズムをととのえていく。

ととのえながら、わたしのほうを見てウィンクをする。パチッと音が聞こえてきそうなウィンクだ。

「どうだ、ナナ。これでいいか？　行けそうか？」

イーサンが人さし指で「行け」という合図を出している。

行けは、弾けを、意味している。

「軽く月まで行けそうよ！」

わたしは、親指と人さし指で丸をつくって、ふたりにオーケイのサインを送る。

それから、たった今、生まれたばかりの音楽を、キーボードの上で再現してみせる。

わたしには、楽譜は必要ない。わたしの耳と指が音符を覚えている。

「うぉー、完全に突きぬけてるよ。ナナのピアノが入ったら、カントリーがR&Bに化けるから不思議だよ」

「うん、いい感じ、いい感じ」

「俺、ここんとこ、こう叩きたいんだけど」

「いいんじゃない？」

「クロエ、乗れてる？」

「乗れてる、乗れてる、最高だよ」

クロエは髪の毛をかき上げながら、わたしのほうを見て問う。息を弾ませて。

「ねえ、ナナ、二番はこんなふうに歌っていい？」

In my dreams, strumming out a tune
Waking in the morning light
Laughter from my dream last night
Are you all right? Well I am too

クロエは「ぼくの幸福」に、星の光ではなくて、朝の光を降らせた。

最後の呼びかけは、クロエの創作だ。これ以上に、わたしの書きたかったことを表しているとことばは、ほかにはないと思った。このフレーズによって、歌詞が立体的に、感情がより切実になってくる。

詩が歌になった。そんな気がした。

「タイトルはさ、『真夜中の幸福』かな、これは」

「ねえ、真夜中の幸福って、何色だと思う?」

「そりゃあ、黒だろ、ミッドナイトだもん、闇だよ」

「あたしは、カラフルだと思うな。夢を見ているわけだから」

「なるほど、だったら七色の幸福か」

「サイケデリックな幸福?」

「うーん、やっぱり違うな。真夜中の幸福のままがいいよ」

「そうかな、あたしは『ゆうべ見た夢』がいいと思う」

「ああ、それがいいよ。シンプルで、美しい」

「余韻もあるし、想像の余地も残ってるよね」

そうやって、わたしたち四人がわいわい言いながら曲をつくっているとき、ノエルはおだやかな微笑みを頬に浮かべて、ただ黙って、でもとても楽しそうに、四本の弦を愛おしむようにして、白いベースギターを弾いていた。

清潔な白。孤独な白。静寂の白。白い真夜中。ノエルは、白の似合う人だった。


「よし、ここからは、ボクのソウルメイト様の出番だぜ」

前へ前へ出ていくようにして、これでもかこれでもかと華麗な音を出す、リードギターのイーサン。トレードマークは、サングラス。ブロンドの長髪にひげ。カウボーイハットは、クロエとのおそろい。

ロックミュージシャンのマリリン・マンソンの台詞をもじって、

「俺がドラムを叩くんじゃない。ドラムが俺を叩くのさ」

が口ぐせのニック、こと、ニコラス。

トレードマークは、赤いバンダナ。胸もとには、スカルのペンダント。腕には、骸骨のタトゥを入れている。本人いわく「能天気にサボり過ぎて」中一を二度やっているから、年は三人よりもひとつ上。

「あたしは、歌うために生まれてきたの」

ひとたび彼女が歌いはじめると、天井からは光の雨がシャワーのように降りそそぎ、窓からは陽の光が射しこんでくる。歌声は、ときには悪魔になり、ときには天使になる。スタンドマイクの前で、圧倒的な、特別な存在感を放っている、ヴォーカルのクロエ。ステージ衣装は、カウボーイハットに、ミニスカートに、ロングブーツ。

鍵盤楽器とボディランゲージが得意で、やせの大食いで、元気はつらつだけがとりえのわたし、ナナ、こと、原田七恵。ステージ衣装と普段着はほとんど同じで、冬は黒い革ジャンとブラックジーンズ、夏は黒いTシャツに、ジーンズをカットしてつくった半パン。

四人に寄りそうようにして、ノエルはいつもひっそりとした森のように、わたしたちの小さな世界を包みこむようにして、そこにいてくれた。見守っていてくれた。

ノエルのファッションはたいてい、地味な色目のチェック柄のワークシャツに、ブルージーンズ。アメリカでは、匿名性のもっとも高いファッションだ。一度すれ違っただけでは、だれの印象にも残らないだろう。

無口、というよりも、自分から進んではしゃべらない、よけいなことは言わない、というべきか。常にことばを選んで、吟味して、誠実に、論理的に話す。それだけに、わたしたちはノエルの発したことばを、無条件で信頼することができた。

他人にとってはくだらない悩み、でも自分にとっては深刻な――遠距離恋愛や将来に対する不安など――が発生したとき、わたしはよく、ノエルに話を聞いてもらった。相談というほどのことでもないのだけれど、ノエルに話を聞いてもらって、黙ってうなずいてもらっているだけで、悩みが解決することさえあった。

話の最後に、ぽつんとひとこと、

「きみは、今のままでじゅうぶんすばらしい」

そう言われただけで、すべての悩みがすーっと蒸発していくようだった。

作曲や練習がうまく進まなくて、四人がいらいら、むしゃくしゃしているとき、ノエルが「ぼくには、いい予感しかない」ってつぶやいただけで、空気がなごんで、みんなの笑顔がもどってくることもあった。

ノエルがそこにいてくれるだけで、わたしたちは安心していることができた。

彼はわたしたちにとって、なくてはならない守護神だった。

ノエルは、気づいていただろうか。

「ゆうべ見た夢」の原詩を書いたとき、わたしが、ノエルをモデルにして物語をつくったということに。

歌詞が英語になったとき、語り部の性別はわからなくなってしまったけれど、わたしの心のなかでは、この詩の主人公は「ぼく」で、ぼくはノエルだった。

ノエルは真夜中に、となりで眠る人の笑い声を耳にして、幸せな気持ちになる。

ノエルの「とても幸せな真夜中」——。

なぜ、わたしは、あんな詩を書いたのだろう。

動機は至ってシンプルだった。

それは純粋な思いでもあり、矛盾している願いでもあった。

わたしはノエルに、幸せになってもらいたかった。

だれよりも、ノエルに。

だれよりも、幸せに。

クロエとイーサンは愛しあっていたし、ニックにもわたしにも、つきあっている人がいた。わたしの好きな人は、遠い日本にいたわけだけど、それはさておき、恋人がいないのは、ノエルだけだった。

そしてわたしたちは、ノエルがイーサンに惹かれていることを知っていた。クロエもイーサンも、ノエルにとって、かけがえのない親友だった。親友のひとりに、ノエルは恋をしていた。もちろんイーサンも気づいていたし、クロエも意識していた。異性に惹かれる人がいるように、同性に惹かれる人もいる。わたしたちにとってはどちらも自然なことだし、学校の内外にも、同性どうしの恋人たちは、少なからずいた。でもイーサンとクロエには、どうすることもできなかった。

決して実ることのないノエルの片想い。

知っていながら、わたしたちはなぜ、あんな曲をつくったのか。

叶うことのないノエルの幸福を、なぜ、あんなにも弾んだ、あんなにも陽気な音楽にしたのか。

あとになって、わたしは胸をかきむしりたくなるほど、自分の書いた詩を憎んだ。泣きながら「ゆうべ見た夢」の楽譜を焼いて、あの曲を闇に葬った。


高一の夏に結成して、高四の春までの、二年半あまり。

わたしたち五人は、好きな音楽で結ばれたひとつのチームでありつづけた。

バンドの名前は「オン・ザ・ロード」――。

高三の夏、地元の村で毎年、開催されているイベントのアトラクションとして呼ばれ、あわててバンド名を決めなくてはならなくなり、ああでもない、こうでもない、と、決めあぐねていたとき、ノエルの口から、ぽろりとこぼれ落ちたことばだった。

「……オン・ザ・ロード」

「何それ？　悪くないね」

「馬鹿(ばか)ね、イーサン、そういうときは、いいねって言うものよ」

聞けば、彼(かれ)の愛読している作家のひとり、ジャック・ケルアックの小説のタイトルでもあるという。一九五七年に出版されて、またたくまにベストセラーになった。ノエルはその本を両親の本棚(ほんだな)のかたすみで見つけて手に取り、夢中になって読んだという。出版から二年後に出た日本語の翻訳版のタイトルは『路上』――。

男ふたりが車に乗って、アメリカ大陸を自由気ままに走りまわる。いつも道路の上にいる。いつも移動中。ケルアックの体験を、そのまま小説にした作品だと言われている。

「いいねー、いかしてるよ、それ。クールだよ」

ニックが諸手を挙げて賛成した。

読んだことはないけれど、と、前置きをして、イーサンは言った。

「ドアーズのジム・モリソンや、ボブ・ディランにも影響を与えた小説だよな」

「最高じゃん。ますますクールだぜ！」

わたしたちは五人とも、ボブ・ディランが好きだった。かぶれていた、というのが正しいかもしれない。古い音楽だけど、ちっとも古くないと思っていた。そもそも音楽には古さなんてないんだと、息まいていた。ディランと同じ時期に活躍していた、ザ・バンドというグループも好きだった。

ディランとザ・バンドの曲を、カントリーふうにアレンジして演奏するのが得意だった。要は、フォークもやれば、ロックもやるし、カントリーもやる、なんでもありのバンドだったということだ。

同世代の若者たちが夢中になっている音楽、ではない音楽を生みだしてみたかった。それを個性にしたかった。流行りの音楽のコピーなら、だれにでもできる。古い音楽の再現も、かんたんと言えばかんたんだ。わたしたちはきっと、「古さ」を「新しさ」に変えてみたかったんだと思う。

「オン・ザ・ロード。響きがいいよね」

と、わたしは言った。

「カントリーミュージックにおいては、『旅』と『ロード』と『車』は、キーワードみたいなものだもんな」

イーサンがそう言うと、

「あたしも好きよ、ケルアック。記録映画も観たことある。でもあの人、実際には車の運転はできなかったみたいね」

と、クロエが言った。

わたしとニックは同時に口を開いた。

「へえ、それ、ほんと?」「ほんとかよ、それ」

「晩年は、アルコール依存症にかかって、苦しんでたみたい。四十七だったかな、亡くなったのは」

「おまえ、よく知ってるね」

「あたし、こう見えても博学なの！」

「ほんじゃあ、まあそういうことで、オン・ザ・ロードで行くか！」

「おう」

バンド名を決めたあと、わたしたちはひとしきり「ウッドストック」の話題で盛りあがった。

一九六九年におこなわれた、伝説のロックフェス。

四十万人もの若者たちが農場に集結して、愛と平和と自由と反戦を歌いあげた。

合い言葉は「ラブ&ピース」——。

ウッドストックには、ディランとザ・バンドがいっしょに暮らしながら、数々の名曲を世に送りだした「ビッグ・ピンク」という家がある。

そんな話をしているうちに、ニックが言いだした。

「なあ、いつか、みんなでウッドストックへ行こうぜ！」

「そりゃあ傑作だな。だったら『ビッグ・ピンク』も見に行こう！」

「そうだ。だったら、卒業旅行ってことにしてさ、高校最後の夏休みに行こうよ」

卒業旅行。

すてきなことばだなと思った。「卒業」と「旅行」を結びつけただけなのに、広がりと奥行きを感じる。目の前に、地平線のかなたまでつづく高速道路が見える。過去と未来を結ぶまっすぐな道が。

「せっかく行くんだったら、そこでギグもしないとな」

「しよう、しよう、ウッドストックでライブをやって、伝説のバンドになろう」

「でも、ナナはだいじょうぶ？　春には日本へもどるんじゃなかったっけ」

わたしは日本の中学校を卒業したあと、母の仕事の関係――州立大学で、日本語の教師として働くことになった――で渡米し、四年制のアメリカの高校に入学して高校生活を送っていたが、高四の春には日本に帰国することになっていた。

アメリカの新学期は九月から始まるが、日本では四月からだ。

わたしは、日本の大学を受験するつもりでいた。つまり、アメリカで大学生活を送るつもりはなかった。シングルマザーの母に、できるだけ経済的な負担をかけたくなかったから。それに、日本には、好きな人もいるし。

そんな思いをひとまとめにして、わたしはこう答えた。

「ううん、わたしもいっしょにウッドストックへ行く！　みんなと卒業旅行をするために、日本でバイトして飛行機代を貯めて、ちゃんとここにもどってくる」

「よし、じゃあ、決まりだ！」


予定どおり、わたしは三月に日本へ帰国した。それ以前の帰国中に、関西にある外国語大学を受験し、合格通知を手にしていた。

卒業旅行は、その年の七月に計画されていた。

わたしたちの住んでいたペンシルベニア州の田舎町からは、車で七、八時間、いや、もっとかかるかもしれない長旅だ。

だれかの車にみんなで乗りこんで、カントリーロードを走っていく。運転を交代しながら。まさに、ジャック・ケルアックの小説みたいに。

目的地のウッドストックの町の広場、通称「グリーン」で、オン・ザ・ロードは演奏することになっていた。

四人は、日本へもどるわたしを、空港まで見送りに来てくれた。

「ナナ、おまえ、かならずもどってこいよ。鉄砲玉じゃなくて、ブーメランみたいに、帰ってこいよ。ナナがいなかったら、ギグは成立しないんだし」

「ナナの彼氏が許してくれるかしら？」

当時、わたしのつきあっていた人は日本にいる日本人で、わたしたちは遠距離恋愛中だった。四人には、その一部始終を打ちあけてあった。

「許すも許さないも、ナナが来たかったら来ればいいじゃん」

「彼とふたりでいっしょに来れば？」

「いっしょには来ないと思うけど、ひとりでかならず来る」

「約束だよ」

「うん、約束する」

「指切りしよう」

指切りのかわりに、わたしたちは五人でハイタッチをした。

結局、その約束は、果たされなかった。

だれかが約束を破ったわけではない。

果たしたくても、果たすことができなくなったのだ。


果たされることのなかった約束の夏が過ぎて、季節はめぐり、ふたたび新しい夏の扉が開こうとしている。

今は五月。日本では長い連休が始まったばかりだ。

わたしは飛行機に乗って空を飛んで、ニューアーク空港へと向かっている。

果たすことのできなかった、約束を果たすために。

まぶたを閉じて「ゆうべ見た夢」の二番の歌詞を思いうかべてみる。

すっかり忘れていたつもりのメロディが、五人の演奏と歌が、体の内側からよみがえってきて、わたしの心をふるわせる。

In my dreams, strumming out a tune
Waking in the morning light
Laughter from my dream last night
Are you all right? Well I am too

ねえノエル、あなたは今、どこにいるの？

そこは、どんなところなの？

深い暗闇（くらやみ）なの？

それとも、白い霧に包まれた世界なの？
あなたは何を見ているの？　星の光？　それとも朝の光？

Are you all right? Well I am too
Are you all right? Well I am too
Are you all right? Well I am too

答えは返ってこない。
どんなに優しく、クロエが歌っても。

2

歌を忘れたカナリヤ

The Canary Who Lost Its Voice

あなたのその不安はね
あなたの心がつくりだしている幻（まぼろし）なんだよ
不安というものは過去にも現在にもなくて
それは未来にだけあるものなんだよ
そんなに忙（いそが）しく不安ばかりつくりだして

どうするつもり

ねえ、どうせつくるならもっと
いいものをつくろうよ
たとえば喜び　たとえば幸せ
たとえば愛情　たとえば友情
もっといいものをいっぱい
つくりだそうよ
そうすれば不安なんて羽を広げて
どこかへ飛んでいってしまうよ

これは、自分を励ますための「応援詩」だった。
そのころ、日本とアメリカに分かれ分かれになっていたボーイフレンドのことを思いながら書いた。

幼い恋だった。何しろ、知りあったのは中学三年生のときで、つきあい始めたのは、高校生になる前の春休みだったのだから。

遠く離れていると、彼が何を思っているのか、本当にわたしのことを好きでいてくれているのか、わからなくなって、いつも不安になった。こんな気持ちは、イーサンというすてきな彼がいつもそばにいるクロエには、理解できないだろうなって思っていたのだけれど。

クロエはこの詩――わたしが日本語から英語に直訳したもの――が好きだった。

ほかのどの詩よりも「これがいちばん好きなの」と言ってくれた。

この詩のエッセンスと、「いちばん好き」という気持ちをぎゅっと閉じこめるようにして、クロエは英語の歌詞を創作した。

It's not in reality

It's not in your world
It's all in your mindscape
That's where it unfurls

Don't look to the past
Don't look to today
Your worries are in the future
That's where they all stay

I'm keepin it livin',
Lovin' and pure
Drivin' all the pain out

Stayin' easy and secure

「歌ってるとね、すっごい元気が出るの。これってあたしの応援歌かも」

わたしのつけていたタイトル「安心させて」を、クロエは「痛みに翼を与えて」と書きかえた。

Givin' Wings to the Pain

「こうしたほうが、ラストのリフレインがぐっと生きるでしょ」

そのとおりだと思った。

ラストの四行のリフレインを、メンバー全員でくり返しているうちに、会場の人たちもいっしょに歌いはじめて、最後は大合唱になるのが常だった。クロエは、踊りながらマイクを客席のほうに向けて、左手で「もっともっともっと」と、あおり立てた。「飛んで、飛んで、飛ばして」と、ブーツのヒールで床を打ちならしながら。

美しいロングヘアが背中で、生き物のように揺れていた。

――あたしが歌うんじゃなくて、歌があたしに入ってくる感じ。ナナわかる？

クロエのうしろでキーボードをあやつりながら、わたしは彼女の放つオーラに感電していた。

――わかるよクロエ、今、歌が入ってきてるね。

「ナナー！　ここだよナナ」

ニューアーク空港の到着ロビーで、飛びあがりながら出迎えてくれたクロエの声は、あのころのままだった。

「ナナー、ナナー、元気だったー？　会いたかったよー」

叫びながら、わたしの背中に両腕を巻きつけて、きつく抱きしめてくれるハグのしかたも、去年の春に別れたときと同じだった。

「迎えに来てくれて、ありがとう、クロエ。会えてうれしい。すごく幸せ。ごめんね、飛行機が遅れちゃって、ずいぶん待ったでしょ」

「ぜんぜん平気。かならず来る人、待つのって大好きだもん。ナナったら、ちっとも変わんないね」

五月だというのに、全身を黒で包んだわたしを見て、クロエは笑った。

「ごめんね、成長がなくて。クロエも」

ちっとも変わらないね、ということばを思わずのみこんだ。

代わりに「元気そう」と、小さく添えた。嘘だった。元気そうには見えなかった、ちっとも。

久しぶりに再会したクロエのすがたは、変わりはてていた。

少なくともわたしの目には、そのように映った。

自慢だった長い髪の毛は刈りあげに近いショートになり、ふっくらしていた頬はナイフで削りとられたようにそげ、まぶたは落ちくぼんでしまっている。背中を抱きかえしたわたしの手のひらには、ごつごつとした骨の感触が残っていた。

もともと小柄で、ほっそりしていたけれど、今はほっそりじゃなくて、げっそり痩せた、としか言いようがない。ひとまわり、縮んだような気がする。

何よりも違っているのは、この目だ。瞳に宿る光だ。悲しいものを見過ぎて、もうこれ以上、この世界を見たくない、と言いたげな悲しい光。

「楽しいね、うれしいね、歌ってすてきよね、音楽って最高よね」

瞳をきらきら輝かせて、飛びはねていた女の子は、どこへ行ったのか。

何が彼女をこんなふうにしたのか。

答えはわかっているようで、わかっていなくて、わかりたくもなくて、わたしの胸のなかでは疑問符がぐるぐる、渦巻いている。洗濯機のなかでまわっている洗濯物みたいに。

イーサンと別れたから?

イーサンと、別れなくてはならなくなったから?

本当は別れたくないのに、別れてしまったから?

それとも……あのこと? あんなことがあったから?

イーサンとのいきさつは、これまでに何通か、もらっていたメールで教わっていた。彼女の表現によれば、それは「発展的かつ前向きな別れ」だったはずだ。「今でも親友だよ。ときどき電話し合ってる」と、メールには書かれていた。

クロエはわたしの胸の内を察したのか、

「痩せたでしょ、あたし。骸骨みたいかな？」

つぶやくように言いながら、ふっと微笑んだ。

その笑顔がさびしそうで、彼女の存在自体が今にもふっと消えてしまいそうで「こんなのクロエじゃない」と、わたしは思ってしまう。

思いながら、あわてて首を横にふる。

「骸骨だなんて、それはニックでしょ」

太鼓叩きのニックは、骸骨や頭蓋骨のアクセサリーや小物を好んでいた。二の腕に、年上の恋人のローラ——今はフィアンセ——とペアの骸骨のタトゥを入れていて、その下には、おたがいの名前が彫られていた。

ニックの話題を出せば、会話が弾むかなと思った。クロエは昔から、ニックをちゃかすのが得意だったから。

予想に反してクロエは、

「あれ以来、連絡は取りあってないの」

そう言ったきり、すーっと沈黙の湖に沈んでしまった。

目の前で、空港ビルの自動ドアが左右に開いた。

強い西日に顔を直撃され、ふたり同時にサングラスをかけて、外へ出た。

「あれ以来」とは、いつ以来か、痛いほどわかっている。

でも、わたしもクロエも今はまだ、そのことを口にできない。

ひとたび口にしてしまうと、「あれ」が現実に迫ってきそうで、こわい。

すでに起こってしまったことなのに、わたしもクロエも「あれは、本当に起こったことじゃない」と、信じていたいのだ。

空港からタクシーに乗って、マンハッタンへ向かっているあいだも、会話は弾まなかった。

「バイトは楽しい？」

「うん、まあね」

クロエが自分の近況を話したがらないから、成りゆき上わたしが、日本での生活や、大学のことなどを話すようになる。

大阪と京都の府境にある外国語大学。勉強よりも飲酒やコンパに熱心な学生たち。軽音楽部というサークルに入ってみたものの、音楽の趣味が違いすぎて、すぐにやめてしまった。英語はともかくとして、日本語力がすっかり落ちてしまっていて、授業についていくのがむずかしい。それが今のわたしの頭痛の種。

クロエは、どうでもいいようなわたしの話のひとつひとつに相槌を打ちながら、熱心に聞いてくれていた。いや、聞いているふりをしていただけか。

唯一、会話が盛りあがったのは、失恋話をしたとき。

日本にもどってから、それまで遠距離恋愛でつきあっていた人とうまく行かなくなって、ふられるような形で別れてしまった、と、短く報告したときだけ、クロエは感情のこもったことばを返してきた。

「まあ、そうだったの。残念だったね。離れていたときには、あんなに熱々だったのに。もう、修復の余地は残されていないの？」

「残されてない」

「努力の余地も？」

「ないね。でももういいんだ。なんていうのかな、あれは、恋愛じゃなかったのかもしれない。離れていたから、見えないところがいっぱいあって、だからうまく行ってたのかもしれない。近距離になったら、とたんにぼろがボロボロ出てきて、あっというまにだめになっちゃった」

笑いながら、話した。

実際、わたしの心のなかでは、失恋は傷にすらなっていなくて、笑い話として話せるできごとになっていた。「恋愛じゃなかったのかも」と思えるのも、そのせいだ。

ふたりとも、幼すぎた。卵からかえったばかりのおたまじゃくしとひよこが「好きだよ」とか「きみしかいない」とか「離れているのがつらい」とか、それらしいことばを送りあって、ことばとことばでじゃれ合ったり、ぶつかり合ったりしていただけ。

相手のことを考えたり思いやったりするよりも、自分の気持ちに折りあいをつけるのに、必死になっていた。すべては、今にして思えば、ということだけど。

「で、新しいボーイフレンドくんの登場は、まだなの？」

「残念ながら、まだ！」

「へえ、ほんと？　そんなのへんだよ。日本の男には、人を見る目がないのかなぁ」

「逆でしょ、それは。見る目があるから、わたしなんかとは、つきあいたくないんだよ」

「それは言いすぎ。そんなんじゃだめだよ。ナナはもっと」

「もっと、何？」

その問いに対して、クロエは小さく、本当に小さく、なつかしいあの歌を口ずさんでくれた。

It's not in reality
It's not in your world
It's all in your mindscape
That's where it unfurls

まぶたを閉じて聴きながら、思わず、となりに座っているクロエの手をにぎってしまう。そして、その指の細さとつめたさに、ドキッとしてしまう。

Don't look to the past
Don't look to today
Your worries are in the future
That's where they all stay

車がクロエの住んでいるダウンタウンのアパートメントに着いたとき、時計は夕方の六時をまわっていた。陽(ひ)はまだ暮れなずんでいる。

クロエといっしょに、ビルのエントランスへつづく小道を歩きながら、明るいすみれ色の空を見上げて、ああ、そうだった、こんなだったなぁ、と、わたしはアメリカ東海岸の夕暮れ時を思いだしていた。

およそ四年間を過ごした、ペンシルベニア州の小さな田舎町(いなかまち)。

どんなに小さな田舎町なのかというと、町には、小学校も中学校も高校も、一校ずつしかない。私立校などない。だから、この町で生まれ育った子たちはみんな、高校を卒業するまで同じ学舎で肩(かた)を並べて勉強する。ノエルみたいに成績のいい子も、ニックやイーサンみたいにサボることしか考えていない子も。

なかなか暗くならない夏の夕暮れ時に、わたしたちはいつもニックの家のガレージに集まって、楽器を鳴らし、弦(げん)をつまびき、歌をうたって、あたりに騒音(そうおん)をまきちらしていた。

「今夜は、ノイズパーティだぜ！」

ニックから四人に同時に届くショートメールの、それがメンバー集合の合い言葉だった。家の人たちになんらかの用事ができて留守になったとき、ニックはすかさずメールを送ってきた。週末は、泊まりがけになることもあった。

わたしたちは喜びいさんで、それぞれの担当の品を手に、ガレージへ向かう。

イーサンはアルコール抜きのビールか、ジンジャーエール。クロエはサンドイッチか、ベジバーガー。わたしはたいてい店で買ってきたデザートで、ノエルはいつも、お母さんかお姉さんがつくったという一品料理を持参してきた。サラダとか、キッシュとか、野菜のスティックとディップとか。

ノエルは、ベジタリアンだった。虫も殺さない人だった。だからわたしたちはノエルが交じるときには、肉も魚も抜きにした。イーサンの趣味はフィッシングで、ニックはおじいさんといっしょにハンティングに行くような人だったのに。

金槌やペンチやドリルやのこぎりや、そのほか、わけのわからない大工道具に取りかこまれて、わたしたちはバンドの練習をした。ごみ箱やほうきや雪かき用のシャベルを観客がわりにして。

演奏するのも楽しかったけれど、そのあとの宴会も楽しかった。「ノイズパーティ」は、練習と宴会の両方を意味していた。

ニックの馬鹿話に笑いころげたり、イーサンの、教師に対する悪口に膝を打ったり、クロエのものまね、サラ・ボーンやアレサ・フランクリンやエタ・ジェイムズに舌を巻いたりした。「おまえも何かやれ」とせっつかれて、ノエルが小説の一節を朗読したりすることもあった。

彼は、ハルキ・ムラカミのファンだった。

「ムラカミの作品を日本語で読めるナナが、ぼくはうらやましい」

いちばんのお気に入りは『スプートニクの恋人』——。

ノエルは、あの物語の語り手に、イーサンに片想いをしている自分を重ねあわせていたのだろうか。それとも、ミュウに恋をしている、すみれに？

思い出の小舟はあちこちをさまよったあとに、最後はノエルに行きつく。

ノエルの海には、もう、桟橋がないのに。


らせん階段を上がっていき、四階にあるクロエの部屋に荷物をおろして、ほっとひと息ついたとき、

「ナナ姫さま、あなた様は今夜、何をお召しあがりになりたいのでございましょう？」

クロエの口から、やっとジョークが出た。

アパートの近くには、メキシコ料理、インド料理、中国料理、ヴェトナム料理、タイ料理など「なんでもありよ」と言う。

「うーん、気分はメキシコだけど、胃袋はヴェトナムを欲してる、かな？」

「オーケイ。じゃあ、ヴェトナムへ行きましょう」

「ただし、わたしのおごりね」

クロエはきょう、夕方から夜にかけてのアルバイトを休んで、わたしを迎えに来てくれた。部屋に泊めてくれることにもなっている。おごるのが当然だと思っている。

「あのね、使うのは、気だけでいいのよ」

平日の朝の八時から午後三時半まで、ベイカリーカフェの厨房で働き、夕方の六時から十時まではギリシャ料理のレストランで、ウェイトレスの仕事をしているという。それくらい働いても、家賃と生活費で、給料は「羽を生やしてビュンビュン飛んでいくの」と言う。週末はくたくたになって、一日中ベッドのなか。

——マンハッタンで暮らしながら、歌とダンスを本格的に勉強するの。

あの夢は、どこへ飛んでいったのだろう。

——ねえ、クロエ、歌とダンスはどうなったの？

一日十時間以上も、身を粉にして「ぞうきんみたいに働いてるの」と話すクロエに向かって、とてもそんな質問はできない。

——もう歌いたくないの。歌はやめたの。

そんな答えが返ってくるのがこわくて。

ディナーのあと、紙コップに入れてもらったヴェトナムスタイルのつめたいミルクコーヒーを飲みながら、少しだけ散歩をして、部屋にもどってきた。

シャワーを浴びてパジャマに着がえてから、すすめられるままに、わたしはベッドに入り、クロエはベッドのそばのソファーに寝そべった。

天井からぶら下がっている紐を引っぱって、クロエが部屋の明かりを消した。現実が消えた、そんな気がした。

「おやすみ」

「おやすみ」

つかのまの静寂があって、それから、クロエのくすくす笑い。

毛布をかぶったまま、わたしもくすくす笑う。うれしくなる。こんな場面が過去にも何度もあった。クロエがわたしの家に泊まりに来た夜や、わたしがクロエの家に泊まりに行った夜や、サマーキャンプの夜や、感謝祭の夜に。

だから、このあとに何が始まるのかもわかっている。

「ねえねえ、あたしのシェヘラザードさん」

歌うように、クロエが言った。闇に溶けるような、低い声で。

シェヘラザードというのは『千夜一夜物語』の語り手で、「お話のうまい人」の代名詞にもなっている。わたしは事実をもとにして作り話をするのが好きで得意で、クロエはそれを聞くのが好きだった。

「聞きたい話があるの」

「どんな？」

「ねえ、ナナ、覚えてる？」

「何を？」

「あたしたちが、初めて出会った日のこと。あのころのお話を聞かせて」

「まかせて！」

お安い御用だ。

出会ったのは、高一の春の終わり。

町でいちばん大きなスーパーマーケットの駐車場で、わたしは四人に出会った。

ニックとノエルとイーサンは幼なじみで親友で、イーサンとクロエは恋人どうし。

四人は、中学時代から遊びでバンドをやっていた。小づかい稼ぎもしたかったのだろう。わたしはみんなと同じ高校に通っていたものの、クラスが違っていたから、それまでに話をしたことは一度もなかった。

駐車場で聴いたのは、ザ・バンドのコピーで「The Weight」という曲。リズミカルで、陽気なメロディ。七十年代の曲だけを流しているラジオの番組で初めて耳にして以来、ザ・バンドのファンになっていたわたしは「あ」と思って足を止め、スーパーで買いもとめたばかりのアイスクリームが溶けてしまうまで、そこにいた。

ザ・バンドの音楽は、噛めば噛むほど味の出る、するめみたいだと思っていた。でも

「するめ」って英語ではどう言えばいいのか、わからなかったから、あとでノエルに会ったときには「噛んでも噛んでも味の落ちないチューインガムみたい」と言った。

四人の演奏は、ハートフルだと思った。

そのときには、イーサンはエレキじゃなくて、アコースティックギターを弾いていた。ニックはドラムを叩きながら、背後でクロエを支えるようにして、しゃがれた声で歌っていた。

ザ・バンドは、ガース・ハドソンとリチャード・マニュエルの弾く二台のキーボードが要になっているので、キーボードなしでコピーするのはむずかしいのではないか、というような予想は、見事に裏切られた。そこには、四人の高校生のザ・バンドがオリジナリティを持って存在していた。

音楽に対する愛が熱く、静かに激しく、伝わってきた。四人のあいだに漂っている信頼感と友情に、ハートをわしづかみにされた。

ギターケースに五ドル札を入れて、わたしは去っていった。本当は二十ドルでも安いくらいだと思っていたけれど、金欠の高校生にとって二十ドルはきつい。

その日はそれで終わった。

ここまでが第一章だ。


次の週の週末、わたしは、町のライブラリーで催されている定例のコンサートで、ピアノを弾いた。ショパンのワルツを二曲。どちらも短調の美しい曲。

母の知りあいがコンサートを運営していた関係で、わたしはときどき駆りだされて、演奏していた。コンサートは無料で、お客さんの大半は、お年寄りだった。

そこにその日、ノエルが交じっていた。

コンサートが終わったあと、わたしのほうから、声をかけた。

ノエルは、

「クラシックファンの両親と姉につきあわされて、しぶしぶ来たけど、来てよかった。まさかこんなところで、きみのピアノが聴けるとは」

と、言ってくれた。

わたしは、このあいだスーパーの駐車場で四人の演奏を聴いて感動したこと、ザ・バンドのファンであることなどを話した。するめとチューインガムの話は、ここで出た。

短い会話だった。

「きょうは、聴きに来てくれて、ありがとう」

最後にもう一度、お礼を言うと、ノエルは、はにかみがちに「こちらこそ、ありがとう。いい時間をもらった。ショパンを見直したよ」と言った。

その日もそれで終わった。

ここまでが第二章だ。


三日後、教室移動のとちゅうの廊下で、ニックに呼びとめられた。

「ヘーイ！　ナナ！」

いきなりの呼びかけ。

「俺らのバンドに入らない？　ずっとキーボート、探してたんだ。前にやってた奴に、やめられちゃってさ」

なんの前置きもなく、いきなりのスカウト。

ぽかんと口をあけているわたしに、ニックは親指を立ててみせた。

「当然イエスだろ？　じゃ、決まりだな」

そのあとに、ニックは言った。

「ノエルがきみの才能にぞっこん、ほれこんだんだ」

「才能？」

恥ずかしさで、ほっぺたが赤くなった。

そういえば、会場で交わした短い会話のなかで、わたしはノエルに「ピアノは三歳のときから習ってるの。母の手前、クラシック少女のふりをしているけど、クラシックよりも、ジャズピアノが得意。なんでも弾けるよ、キーボードも持ってるし」などと、得意げに話したのだった。

「ビル・エヴァンス大好き。キース・ジャレットも好き。でも今、いちばん好きな音楽はザ・バンドかな。二台のキーボードを、わたしなら一台で弾いてみせるよ」

なんて、自分でもよく言うよって思いながら。

あのときわたしはノエルに、必死で自分をアピールしていたんじゃないかと思う。ノエルは、わたしのあこがれの人でもあった。異性としてのあこがれじゃない。こんなすてきな人と友だちになれたら、どんなにすてきだろう。そんなあこがれ。

ノエルはただ、微笑みながら耳を傾けていた。ときどき「興味深いね」「なるほど」と、相槌を打ってくれた。

ノエルの優しい微笑みを思いだしながら、ニックに向かって、わたしは謙虚に言った。

「才能って言われても、自分ではどうなのか、わかんないから、一度、聴いてみてから判断してくれたら、それでいいよ。つまり、テストに合格したらってことで」

ニックはふたたび親指を立てた。

「了解！　じゃ、みんなにもそう言っておく」

第三章から、さらに三日後の週末、キーボードを持参して、ニックの家のガレージを訪ねた。

さあ、ここから最終章に突入する。

得意な曲を何曲か披露した。手始めに、新しいアメリカンカントリーを一曲。次に、みんなを煙に巻くために、日本の古いフォークソング、吉田拓郎の「大阪行きは何番ホーム」を勝手にアレンジしたものを。そのあとに、ザ・バンドの名曲「I Shall Be Released」と「Caledonia Mission」と「Acadian Driftwood」を立てつづけに。

夢中で弾いた。

この試験に合格したら、わたしの青春が始まる。そんな予感がしていた。

自分の指が自分の手から離れて、勝手に演奏しているのではないかと思えるほど、無我夢中で弾きまくった。

終わったあと、最初に声を上げたのは、イーサンだった。

「わーお、これはロケット弾だ！　やられた！　弾丸が飛んできた」

そのあとにつづいたのは、四人の拍手と歓声とハグの嵐と、言ってはいけないとされているＦワードの連発。

わたしは合格を勝ちとった。

ハッピーエンドの「ジ・エンド」――。


さっきから、暗闇のなかに、規則正しいクロエの寝息が響いている。

話のとちゅうで、いつのまにか、眠ってしまったのだろう。

幸せな夢を見ていますように、と、祈りたくなるような気持ちがわいてくる。

わたしは時差の関係で目がさえてしまって、眠れそうもない。

起きあがって、クロエのそばへ行き、ソファーからずり落ちそうになっている毛布をかけ直してあげた。

まぶたをかたく閉じて眠っているクロエは、まるで瀕死の小鳥のように見える。

ふと暖炉の上に目をやると、赤ん坊のこぶしくらいの大きさの石が四個、等間隔で並べられている。

ブルーグレイの石、白っぽい石、まんまるな石、先のとんがった石。

そうだった、クロエには石を集める趣味があった。石の裏には、見つけた年月日と場所が記されているはずだ。日本から、石をお土産に持ってきてあげればよかった。

石と石のあいだに、写真が飾られている。

写真立てに入った三枚の写真。

ベッドのすみっこに腰かけて、ベッドサイドの読書ランプを灯してから、写真を手に取った。順番に、一枚ずつ。

一枚めは、クロエと家族の写真。パパとママとふたりの妹たち。

二枚めは、小学生くらいに見えるクロエと、ふわふわのペルシャ猫。名前は確か「エンジェル」だった。

三枚めは——

見る前から、わかっていた。

そこに、だれが写っているのか。

左から、イーサンとクロエ、ニックとわたし、四人から少しだけ下がったところに、ノエル。ニックの家のガレージで、ノイズパーティのさいちゅうに、ニックに呼びだされてやってきたガールフレンドのローラが撮ってくれた。

名前のないバンド時代の五人。

ノエルは、そこにいた。

正方形の額におさまった、小さな写真のなかに。

ノエル、また会えたね。

こんなところで、また。

胸のなかで、ノエルに向かって、歌った。

ノエルに捧げるレクイエムを。

永遠に終わらないリフレインを、うす明かりのなかで、わたしはくり返す。

涙があふれて、止まらなくなる。
ベッドで仰向けになったわたしの耳のなかに、涙が流れこんでいく。

I'm keepin it livin',
Lovin' and pure
Drivin' all the pain out
Stayin' easy and secure

3

生まれた町を遠く離れて

Far From Home

あたしが小さな女の子だったころ
魔法のめがねがほしかった
そのめがねをかけて世界を見たら
何もかもがモノクロに見える
それなのにたったひとりにだけ

色がついている
それがあたしの運命の人

そのめがねをかけて世界を見たら
いつか運命の人に会える
そんな魔法(まほう)を信じてた
むじゃきな小さな女の子は今
本当の魔法にかかっている
あなたの胸のなかで
愛の魔法にかかっている

バラード調のラブソング「魔法のめがね」の原詩は、四人に出会ったばかりのころ、クロエがわたしに教えてくれた「とっておきのお話」をそのまま書いたものだった。

魔法のめがねは、クロエが五つくらいのとき、大好きだった絵本に出ていたという。

「いいな、ほしいなって、ずっと思ってた。クリスマスの前の日に、サンタクロースにお願いする『ほしいものリスト』の、いつもトップに挙げてた」

サンタは持ってきてくれなかった。

そんなめがねはどこにも売られていないし、存在もしていないと気づいたのは、小学三年生くらいのときだった。

「だけど、中学生になって音楽クラブに入って、ある日の放課後、音楽教室へ足を踏みいれたとき、ほとんどモノクロに近い世界のなかで、ひとつだけ、あざやかな色のついているものが目に飛びこんできたの。その色は、グリーンだった」

「あははは、ボクは運命のグリーンマンだったたってわけさ」

イーサンはクロエのそばで、自慢の「ボクのソウルメイト」である緑色のエレキギターをかかえて、うれしそうに笑っていた。

When I was a young girl
I yearned for magic glasses
I put them on, looked through the lenses
A world in black and white, with one exception
You, the color in my dreams

ハドソン川に沿って北上する列車のなかで、中学生だったふたりのあいだに起こった「愛の奇跡」を思いだしながら、スマートフォンを操作して、わたしはイーサンに、テキストメッセージを送る。

〈ハドソン駅、到着時刻は、三時五分。だいじょうぶ？〉

すぐに返信が入った。

〈もちろんだ。三十分後に会おう〉

ペンシルベニア駅、通称ペンステーションまではクロエが見送りに来てくれて、およその二時間後には、アムトラックのハドソン駅までイーサンが迎えに来てくれる。

つまり、クロエとイーサンは、会おうと思えば二時間後には会える。ふたりを隔てている時間はたった二時間で、その時間は同じ線路でつながっている。

このことの意味について、わたしは思いを馳せてみる。

クロエがマンハッタンに出ていって、歌とダンスの勉強をすると決めたとき、イーサンもいっしょに出ていって、マンハッタンで仕事を探そうとした。いい仕事は見つからなかったけれど、ハドソンに支店を持つ、イーサンの親戚の経営している不動産会社に採用された。

別れる前までは、週末になると列車で行き来をしていたらしい。

「今はすごく遠い人なの。あたしからいちばん遠くに離れている人になった。むしろノエルを近くに感じるくらい」

クロエは「二時間」をそんなふうに表現していた。

きのうは、昼間のアルバイトを休んで、わたしのニューヨーク観光につきあってくれた。「観光なんかしなくていいの」と言うわたしを急きたてるようにして。いっしょに美術館をめぐり、セントラルパークを散歩し、チャイナタウンでごはんを食べた。

おまけに、夜の仕事が終わったあとには、ジャズクラブへも連れていってくれた。

列車の揺れに身を任せながら、今朝、アパートの近くのカフェで、デニッシュとコーヒーの朝食をとっているときに、クロエと交わした会話を再現してみる。

「どうしても、行けないの？　どうしても無理？」

みんなでウッドストックへ行こうよ、という約束。いまだ果たせていない卒業旅行について、わたしは最後にもう一度、クロエにたずねてみたのだった。

渡米前に届いたメールには「行けそうもない」と書かれていたし、この二日間、いっしょに過ごしてみて、その答えが変わることはないだろうと思ってはいたものの、それでもたずねずにはいられなかった。

「うん、無理みたい。ごめんね」

うつむいたまま、申し訳なさそうにクロエは答えた。

「マンハッタンからラインクリフまでは一時間半くらいでしょ。そこから車で三十分だよ。二時間もあれば、行けるよ。イーサンは直接、車で来ればいいんだから、一時間もかからないかもしれない。ニックとわたしは高速道路をぶっ飛ばしていくからさ。みんなで大集合しようよ！」

わざと明るく言ってみた。言いながら、むなしさを感じていた。

イーサンとはもう会えないし、会わないほうがいいの、と、ゆうべもクロエは言っていたではないか。「すごく遠い人なの」と。

イーサンとも二時間、ウッドストックとも二時間、離れているだけなのに、今のクロエにとって、それは越えられない時間なのだろう。まるで橋のかかっていない川みたいに、向こう岸は見えていても、渡ることはできない。

クロエにもうこれ以上、あの約束を強要するべきじゃない。

「ごめんね、クロエ。しつこくしてごめん」

謝ったわたしの手を、テーブルの上でにぎりしめて、クロエは悲しそうに笑った。

「ナナが謝ることないよ。これは、イーサンとあたしの問題だもの。ニックにもそう伝えて。ナナとニックがウッドストックへ行ってくれたら、うれしい。きっとノエルも喜ぶと思うよ。歌は……そうね、ニックの彼女が歌ってくれるでしょ」

声を大にして、わたしは言いたかった。

だめだよ、そんなの。

オン・ザ・ロードのヴォーカルは、クロエ以外の人にはつとまらないよ、と。


「ハーイ、イーサン！　久しぶり」

ハドソン駅の改札口に立って、両腕を高く挙げながら出迎えてくれたイーサンは、いっぱしのビジネスマンになっていた。

ブルーのワイシャツに、黄色いストライプの入ったネクタイ。髪は短く刈って、ひげもなく、ズボンにもアイロンがかかっていて、まるで就職活動中の大学生か、宗教の勧誘をしている人みたいに見える。

ハグをしたとき、デオドランドの匂いがかすかにした。高校生のときには、汗の匂いだったのに。

「おお、よく来たな、ナナ、調子はどうだ？」

「絶好調とは言えないけど、それなりに好調よ」

イーサンはわたしの手からスーツケースを、肩からはバッグを奪いとりながら言った。

「いつ着いたの、こっちには」

「おとといよ」

「じゃあまだ、ジェットラグのまっさいちゅう？」

「そういうこと、昼間は眠くて眠くて、夜になるとパチッと目がさえちゃう」

「マンハッタンでは、彼女んちに？　あいつ、元気だった？」

さらっと、そんなふうに言う。イーサンの話題を出すとき、岩のように重かったクロエの口調とは対照的だ。

「うん、元気だったよ。あなたによろしくねって」

わたしもさり気なく答えを返す。イーサンによろしくって、クロエが言ったのは事実だったし。

クロエについての会話は、それだけで終わった。

「ハドソンには一泊、だったっけ？」

「うん」

「そのあとは、ニックんとこ？」

「うん、ニックのおうちに泊めてもらうの。っていうか、泊まりなさいって、ニックのママがうるさくて」

「ははは、わかる。おふくろさん、ナナのこと、大のお気に入りだったものな。なんで、うちの息子の彼女になってくれないのかって、うるさかったじゃん？」

「そんなことしたら、ローラにぶっ飛ばされるよ」

「ぎゃははは、そりゃあ傑作だな。恐ろしくて、笑い話にもならない」

笑いあいながら、駅前の駐車場に停めてあった、イーサンの車までたどり着いた。なんの変哲もない、グレイのセダン。トヨタカローラだ。こんな車、イーサンらしくないなと思ったら案の定、横っぱらに、イーサンの働いている不動産会社の住所と名前とロゴマークが描かれていた。

「さ、乗って、しょぼい車だけど」

高二のとき免許を取ったイーサンは、お父さんから譲りうけたという、アメリカ車のチャレンジャーを乗りまわしていた。ごつい車と言えばいいのか、でかい車と言えばいいのか、重厚なつくりの、まるで横綱みたいな車だった。色は緑に塗りかえていた。「グリーンマシン」と名づけていたその車の助手席にはクロエが、トランクにはイーサン自慢の「ボクのソウルメイト」がおさまっていたものだった。

「ええっと、カンフォート・インだったたな?」

わたしは今夜、ハドソン郊外にあるモーテルに一泊し、あしたの午後、列車に乗って隣駅のアルバニー――ニューヨーク州の州都でもある――へ、そこからは飛行機に乗って、ニックの待つペンシルベニア州の田舎町へ向かう予定になっている。

車のなかで、イーサンとの会話は、弾みに弾んだ。

これもクロエとは対照的だった。

イーサンは、機関銃みたいに、質問を連発してきた。日本のこと、日本での生活のこと、大学生活のことなど。

話題はつぎつぎに変わり、笑い声とジョークと、イーサンの口癖の「そりゃあ傑作だな」が何度も飛びだした。

自分の近況についても、よどみなくすらすらと、快活にしゃべった。

「あのな、教えてやろうか。不動産ブローカーの成功のテクニック。買い手があらわれたら、物件はかならず三カ所へ案内するんだ。一軒めは、そいつが望んでいる物件よりも予算が高めで、高級そうなところ。わー、ここ、すっごいすてき。だけど、お値段がちょっと高いわねーってことになる。二軒めは逆に、予算と同じくらいか、より低めで、ボロっちい家。げーっ、いやだーって、げんなりさせておく。そうして最後に、ボクが売りたいと思っているところへ連れていく。そこも、希望よりはやや高めだ。しかし、二軒めでひどいところを見せてあるから、客はここで手を打とうと考える。契約成立。ボクへのコミッションはざくざくと入ってくる。ま、こんなところだ」

見た目だけじゃなくて、内面まで営業マンになったみたいだった。営業マンなんて、高校時代は「なりたくもねえ」って、馬鹿にしていたのに。

「そんなにイージーに行くものなの？　その仕事、楽しい？」

「まあね、ギターを弾くほどイージーかつ楽しくもないけど、生きていくためには、稼がないと。はは、ボクも、しがないサラリーマンに成りさがったもんだぜ」

イーサンの笑い声を聞きながら、わたしは作り笑いをする。

「ね、イーサン、音楽は相変わらず、やってるんでしょ？　ボクのソウルメイトはどうしてる？」

前のめりになって、ときにはのけぞるようにして、これでもかこれでもかと華麗な音を出すリードギター。イーサンがソロを弾きはじめると、客席の最前列に陣取った女の子たちはみんな感きわまって、涙ぐんでいたものだった。

「ああ、あれか、あいつは売っちまった」

「嘘！　まさか！」

大きな声を出してしまった。信じられない、イーサンがギターを手放すなんて。

「嘘でしょ、なんで？」

「なんでって言われても困るけど。もうボクには必要がなくなったし、素人バンドってそもそも正規の仕事にはなり得ないわけだし、さっきも言ったとおり、人間には仕事ってものが……」

そこでことばが途切れてFワードが飛びだしたのは、交差点の手前で、うしろから来た車がわたしたちの乗っている車を追いぬいて、黄色の信号を無視し、交差点を突っきろうとしたからだった。

「ふーっ、危なかった。こんなところで事故になったら、笑い事ではすまされない。

まったくもう、いいかげんにしてくれよ。なあ、死神さんよ、これ以上、ボクらに取りついてくれるなって言いたくなるぜ」

死神？

わたしは、そのことばの意味をつかみかねている。同時に「どういうこと？」と訊けないでいる。ノエルは、死神に連れていかれたってこと？

目の前に、予約しているモーテルが見えてきた。

イーサンはこのあと、ふたたび会社にもどって仕事をして、夕方、またここまで迎えに来てくれることになっている。いっしょにディナーを食べる約束をしている。

「じゃあ、またあとでな」

「うん、ありがとう」

部屋のなかまで、荷物を運びいれてくれたあと、イーサンは「バーイ」と言って去っていった。その背中を見送りながら、わたしは思った。思った、というよりも、感じた、というべきか。

　イーサンはひどく傷ついている。

　もしかしたら、クロエよりももっと。

　悲しみを、ひたすら悲しんでいたクロエと違って、イーサンは悲しみを、うまく悲しめないでいる。さっきまでのあの饒舌とあの明るさは、陸に打ちあげられた魚が呼吸困難におちいって、もがき苦しんでいる、そういう状態だったのかもしれない。

　車のそばまで行って、ドアをあけ、わたしのほうに向かってもう一度、手を挙げてみせたイーサンに、ペンステーションで別れ際に手を挙げたクロエの姿を重ねあわせながら、思った。イーサンとクロエは、生まれた海を遠く離れて、暗い深海をさまよっている二匹の魚たちなのだ、と。

「わたしの住んでいる町にはあんまり、というか、ほとんどメキシコ料理店がないの」

　久々にメキシコ料理が食べたいと言ったわたしのリクエストに応えて、イーサンが連れていってくれたのは「メキシカン・ラジオ」という名のレストランだった。

普段着に着がえて、自分の車であらわれたイーサンの姿を見て、わたしの胸はちょっぴり弾んだ。ダメージジーンズに、袖の破れたTシャツに、かかとを踏みつぶしたスニーカーに、反対にかぶった野球帽。

車は、サイドミラーのはずれかけたおんぼろ車だったけれど、曲がりなりにもスポーツカーで、バンド時代のイーサンを彷彿させている。

「クールだね、イーサン」

「今は、ホットが流行りだよ」

ローストされたサボテン入りのハウスサラダをシェアしながら、イーサンの近況報告のつづきに耳をかたむけた。職場の人たちのこと、ハドソンという町の住み心地などについて、イーサンはおもしろおかしくしゃべった。

「もともとは、捕鯨で栄えた町だったんだ。正確に言うと、捕鯨じゃなくて、運ばれてきた鯨の解体作業って言えばいいのかな。それが衰退してからは、今はアンティークで繁盛してる。わざわざ遠いところから、掘り出し物を見つけに来る人たちもいるんだよ。どこがいいんだろ、他人の使いふるしたものなんて。だいたいさ、骨董品とがらくたの違いってなんなのさ」

そんな話のとちゅうで、思いきって、わたしは切りだした。

この話をしないまま別れたら、いったいなんのためにイーサンを訪ねてきたのか、わからなくなる。

「ねえ、イーサン、ひとつ、訊いていい？」

「いいよ。なんでも訊いて」

「あのね、前に約束してたでしょ、みんなでいっしょにウッドストックへ行こうって。あの卒業旅行の実現はもう、できない？」

イーサンにも事前にメールを送ってあった。返事はもらっていなかった。手紙みたいなメールを書く人じゃないってことは承知している。

「卒業旅行か……」

ひとしきり考えこんだあと、口もとをナプキンでぬぐってから、イーサンは答えた。

「それはなんというか、ずいぶんむずかしい質問だな」

「どうむずかしいの？　答えるのがむずかしいの？　質問自体がむずかしいの？」

「まあ、両方だろうな。ボクは、ウッドストックへはかんたんに行けるよ。ここから車で四十分もあれば行ける。けど、クロエはボクに会いたくないだろうと思う。クロエにプレッシャーをかけるようなことは、ボクにはできない。ニックだって、同じ気持ちだと思う。あのな、ナナはあのとき、あのことが実際に起こったとき、こっちにいなかったから、何も知らないから、だから、そういうことがするっと言えるんだと思う。行きたくても行けないボクらの気持ちは、きみには……」

核心(かくしん)をつかれた。そんな気がした。

そうか、わたしは、蚊帳(かや)の外にいるんだなと思った。

「あのこと」が起こったとき、わたしは日本にいた。

わたしが日本へ帰ったあと、去年の六月に「あのこと」は起こった。ノエルは、連れていかれた。わたしたちは、ノエルを失った。わたしはその現場から遠く離れた場所にいた。

だから、何もわかっていない。

そのとおりだと思った。本当にそのとおりだ。

「わからないってことね。部外者だから」

「いや、そういう意味じゃない。きみはどこにいたって、ボクらの仲間だし、ボクたちの友情には変わりはない。ボクだって、みんなでいっしょに卒業旅行ができたら楽しいだろうなと思っている。思っているけど……残念ながら、それはできない。クロエの顔を見るのがつらい。ふたりでいると、つらくなる。だからそれはできない」

強い調子で「それはできない」と締めくくられたとき、ウェイターがメインの料理を運んできた。

イーサンは「シーフード・チミチャンガ」という名の揚げ物、わたしは「エンチラーダ・カマロネス」という名のえび料理。二枚の大皿からは、湯気が立っている。

「さめないうちに食おうぜ」

と、イーサンが言い、わたしはうなずいてナイフとフォークを取りあげた。

次の瞬間、イーサンが早口でまくし立てた。

「ボクもクロエも、あの町へは帰れないし、帰るつもりもない。帰ったって、つらくなるだけだし、責められるだけだ。ウッドストックへも行けない。行きたくても、行けない。それに、ノエルがいないんじゃ、行ったってどうしようもないだろ。きみがなぜ、むじゃきに『行こう行こう』って言うのか、ボクにはわからない」

「……」

今度はわたしが黙る番だった。

でも、ここで何か言わなきゃだめだと思った。何か言わなきゃ。

取りあげたばかりのナイフとフォークをおろして、わたしは口を開いた。

「イーサン、ちゃんと教えてくれなきゃ、わたしにもわからない。わかりたくてもわからない。なぜ、あなたたちは、ホームタウンに帰れないの？ ニックだって、すごく会いたがってたよ。なぜ、帰れないの？　いったいだれが、どうして、あなたたちを責めるの。あなたたちに、いったいどういう責任があるの？」

感情的にならないよう気をつけたつもりだった。実際にうまく行ったかどうかはわからない。

「つらくて、話せないよ、そんなこと」

「話して」

「話せないよ」

「だめ、話して」

「まず、飯を食おうよ。ボク、腹ぺこなんだ。そんな厳しい、教育ママみたいな言い方しないでよ」

反抗期（はんこうき）の少年みたいな口調に、思わず笑ってしまった。イーサンの目も笑っている。

笑いをふくんだ声で、わたしは答えた。

「わかった、ぼうや。まずは腹ごしらえだね」

デザートのフラワーレス・チョコレートケーキ――ひとつのお皿にケーキが一個とアイスクリームのかたまりが二個、フォークがふたつ――が届いたとき、イーサンはみずから話しはじめた。

「あの事件が起こったあと……いろんなことが、変わっていったんだ。前と同じじゃなくなっていった。加速度をつけて、悪くなっていった」

彼の話を聞きながら、わたしは世界から、色が消えていくのを感じていた。

メキシカンアートで飾られたカラフルな店内から、少しずつ、色が消えていった。青が消え、赤が消え、緑が消え、茶色が消え、金色が消え、銀色が消えていく。

「……ノエルを死に追いやったのは、ボクとクロエじゃないかと責められた。ノエルのお姉さんからだ。ジェシカは一生、永遠に、ボクらを許さないと言った。弟を殺したのは、あんたたちだと言われた。そのうち、町の人たちも同調しはじめて、おやじの経営している店に、生卵が投げつけられたりしてさ」

「そんなこと……」

わからない。ますますわからない。

「しかし、ボクもそうじゃないかと思いはじめている。ジェシカの言ってることは、正しいのかもしれないと。ボクとクロエはずっと、彼にひどいことをしてきたのかもしれない。彼の存在を認めているようで、認めていなかったのかもしれない」

「なんでなの？　わかんないよ、わかんないよ」

わたしはフォークで、ケーキを乱暴につぶした。

五人は、あんなに仲がよかったのに。

あんなにうまく行っていたのに。

イーサンは自分のフォークで、わたしのフォークを止めようとした。

「あいつがクロエを、あいつがクロエを好きでいてくれたら、どんなによかったか。もしもあいつがほしいって言ったら、ゆずってやってもいいと思うくらい……」

「やめて！」

手を伸ばして、イーサンの口を封じてしまいたくなる衝動をこらえた。

「おかしなこと、言わないで。ノエルがあなたたちふたりを、どんなに愛していたか、それはあなたたちがいちばん、よくわかっていたはずよ！」

なんの根拠もないけれど、イーサンはクロエに、今と同じことを言ったのではないかと思った。そのことばがどんなにクロエを傷つけたか、イーサンには、わかっているのだろうか。

「ナナ、ボクはこのことをきみに話していいのかどうか、わからないんだが、あのことが起こった日よりも数日前に、ボクはクロエから知らされていたんだ。彼女の体調が優れないってことを。だからあの日、ボクたちはノエルに……ああ、ごめん。やっぱりだめだ。これ以上は、話せない。今、言ったことは忘れてくれ」

クロエの体調が優れなかった、と言われたとき、ぴんと来た。それは、女の子ならだれでもぴんと来ることだった。これ以上、訊かないほうがいいし、訊かないでいるべきだとわたしは思った。深い悲しみに沈んだクロエの表情を思いだしながら。

ふたりのあいだの小皿の上では、チョコレートとアイスクリームが混ざりあって、どろどろになっている。

わたしはそれをスプーンですくって、イーサンの口もとに差しだした。そうしようと思って、したわけじゃない。気がついたら、そうしてしまっていた。昔よくしたように。

イーサンを笑わせたかったし、わたしも笑いたかった。

笑いながら、謝りたかった。

「ごめん、イーサン、許して。言いすぎたね、ごめん」

イーサンは、笑ってくれた。それは「わたしのために」であるように見えた。

男っぽい外観に不釣りあいなほど、優しい性格をしているのだ。クロエからもよく聞かされていた。ああ見えて、繊細なのよ、と。

「ううん、謝らなくていい。きみが怒るのも当然だと思うし、疑問を感じるのも当然のことだと思う。ボクだって、何がどう間違って、どこでどう歯車がずれて、こんなことになったのか、いまだにわからなくて、頭をかきむしりたくなるときがあるんだ」

「わかった、イーサン。もうこれ以上、話してくれなくていい」

「卒業旅行は、ニックとふたりで行ってくれ。あいつは楽しみにしていたよ。ボクらの分まで楽しんできてほしい。そうだ、誘えば、あいつのフィアンセもいっしょに行ってくれるだろう。三人で行けばいい」

店の勘定は割り勘にした。払わせてくれ、と主張したイーサンをさえぎって。

レストランを出て通りを渡って、イーサンの車に向かって歩いていきながら、わたしは言った。

「ねえ、イーサン、この歌、覚えてる?」

わたしが「魔法のめがね」の一番を歌うと、イーサンは二番を歌った。ぼそぼそと、でも正しい音程で。

「忘れるはずないよ、ボクらがつくった曲なんだ」

夜空には、月が出ていた。

上弦（じょうげん）の月だった。
暗い世界の、そこだけに色がついていた。

Wearing my glasses, seeing the world
I searched for the person of my dreams
The girl who trusted in magic
Became a woman bewitched, enchanted

4

スモール・タウン・ボーイ

A Small Town Boy

I was born in a small town
A cute baby from day one
My forefathers built this town
Made it shine in the sun

We're a pair of country boys
Kings of the back hills
Friends that write the country songs
That keep the world chill
We're making music tonight
Singin' till the dawn's early light

この歌「俺たちカントリーボーイズ」は、ニックが作詞した。

曲もニックが書いた。歌もニックが歌った。

クロエとわたしはコーラスを担当した。

練習中に、わたしはよく、遊び気分でこの歌を、でたらめな日本語で歌った。

小さな町で生まれた
生まれたときには小さな
かわいらしい赤ん坊だった
おじいちゃんのおじいちゃんも
父さんの父さんも
この町で生まれてでっかく育った

俺たちはカントリーボーイさ
このくそったれ田舎を愛してる
この町で育った友だちと音楽を
俺たちは愛してる
さあ、今夜も歌おうぜ　俺たちの歌を
陽気に行こうぜ　ふり返らず進め

クロエもわたしのまねをして、たどたどしい日本語で歌った。

たがいの歌を聴きながら、笑いころげた。楽しい遊びだった。「歌遊び」と、わたしたちは名づけていた。

俺たちカントリーボーイズとは当然のことながら、ニックとイーサンとノエルのことだろうと、わたしは思いつづけてきた。けれど、今にして思えばあれは、ニックとイーサンのことだったのではないかと思える。

ノエルは地元生まれではなかったし、ノエルの両親——医師と大学教授——はどちらも地元で働いていたわけではなかったし、ノエルは知的で上品で、カントリーボーイというよりも、シティボーイという雰囲気を身にまとっていた。町には高校は一校しかなかったから、三人は同じ高校に通っていたわけだけれど、たとえば、もしも彼らが東京に住んでいたなら、ノエルだけは、偏差値の高い有名私立高校へ通っていただろう。

「あいつはボクらと違って、育ちがいいからな」

「大学へ行くのは、あいつだけだな」

「おまえ、行かねえの？　おまえんち、金は余るほどあるじゃん」

「いや、俺はファーマーになる。農場が職場だ。学歴は必要ない」

ニックとイーサンが、そんな会話を交わしていたことを思いだしながら、モーテルの食堂で、ベーグルをふたつに割ってトースターで焼き、クリームチーズをのせて食べていると、

〈ナナごめん、今朝、急な仕事が入った。悪いな〉

イーサンから、テキストメッセージが入った。

今朝は車でここまで迎えに来てくれて、駅まで送ってもらう予定になっていた。

〈問題ないよ。タクシーで行くから。ゆうべは楽しかった！　たくさんありがとう〉

〈ニックによろしくな〉

〈了解！〉

交信を終えた画面を意味もなく見つめながら、もしかしたら、イーサンの用事は今朝、急に入ったのではなくて、最初からそのつもりだったのかもしれないなと思った。なぜ、そんなことを思うのか。確固たる理由はないけれど、なんとなく。

イーサンはもう、バンド仲間のことも、生まれ育った町のことも、いい記憶も、そうではないものも、ひとまとめにしてすべてを消去してしまいたいのかもしれない。何もかもを新しくやり直したいのかもしれない。

だとしたら、そんなイーサンの思いを尊重してあげなくては。

自分に言いきかせるようにして、わたしは朝食のテーブルを離れた。

日本の中学校を卒業したあと渡米し、九月からはアメリカの高校生になり、四年後の春までを過ごした、ペンシルベニア州のカントリーサイド。

多感な少女時代を過ごした小さな田舎町は、わたしにとっての「ホームタウン」――心のふるさと――でもあった。

アルバニーの空港から、小型プロペラ機に乗って四十分ほど。

うららかな昼下がり、ひなびた空港に降りたつと、なつかしい匂いがした。

湿った西風が運んでくるその香りを、クロエは「お日様の匂い」と、わたしは「干し草の匂い」と、ニックとイーサンは「牛と馬の糞の匂い」と、ノエルは「大地の匂い」と表現していたっけ。

到着ロビーの真正面に、太いマジックインキで「お帰り！　ナナ」と書かれた画用紙を持って立っているのは、ニックのもと恋人、今はフィアンセのローラ。左隣にニック、右隣にニックのマムのベス。ベスのそばには、二匹の大型犬たち。黒いドーベルマンと黄金色のレトリーバー。名前は、ミッドナイトとゴールデンボーイ。

総勢三人と二匹に出迎えられて、ハグとキスの嵐でもみくちゃにされた。孤独の匂いのまったくしない空気に包まれる。

「よく来たね、遠いところから」

「ナナは地球を半周して、たどり着いたんだぞ」

「じゃあ、足もとをずっと掘っていったら、そこにトーキョーがあるってわけ」

「馬鹿だな、おまえ、掘りかえせるわけねえだろ」

「シズは元気？　仕事は？」

わたしの母、志津代と、ベスは、ボランティア活動仲間だった。

「はい、とっても元気です。日本に住んでいる外国人たちに日本語を教える仕事をしています」

「まあ、それはよかった。ところでナナ、あなた、お昼は何を食べたの？　ちゃんと食べたの？　お腹すいてるでしょ？」

ベスは、いつ、どこで、だれに会っても開口一番「お腹すいてるでしょ？」と言う。料理が大好きで、人にものを食べさせるのが大好きなのだ。

「すいてます。もう背中とお腹がくっつきそうなくらい。朝ごはんのあと、まともなのは何も食べてないの。夕ごはんが待ち遠しいです」

ベスは「まあ！　それは大変！」と大げさに驚いてみせる。内心、わくわくしているのだろう。この子に何を食べさせてやろうかと。

「トムはきょう、朝から釣りよ。ナナにトラウトを食べさせたいって」

トムというのは、ニックのダッドの名前だ。彼は祖先から受けついだ、牧場と果樹園と野菜農場を複数、所有している。ニックの一家は、地元では名を知られた豪農なのだ。

二匹の犬が先頭になって、そのうしろを四人で、だんご状態になって歩いていく。

駐車場に停めてある車は、シボレーのシルバラード。ツードアのピックアップトラック。車のなかで生活できそうなほど、車体も荷台も大きい。

ニックがドアをあけると、犬たちは後部座席に飛びのり、ベスがそのあとにつづいた。前の席には、ニック、ローラ、わたしの順に腰かける。

そのときになって初めて、ローラのお腹がふくらんでいることに気づいた。

「え？　ニック、あなた、もうじきパパになるわけ？」

ニックは顔をくしゃくしゃにして照れている。

「でへへへ、ばれたか？　ま、そういうことだな。結婚式はさ、ガキが生まれたあとに盛大におこなう予定でーす」

ローラがくすくす笑いながら言う。

「うちは、なんでも順番が逆だから」

エンジンをかけてから、ニックがローラをぐいっと抱きよせる。

「どこがどういうふうに逆なのさ、マイベイビー」

「そんなこと、人には言えないでしょ」

「なんだい、言ってみろよ」

「私も知りたいものだわ」

と、後部座席からベスの声。

ベスをふり返って、わたしは言う。

「普通は、愛の告白をしてから結ばれるわけですが、結ばれてから愛が芽生えるカップルもいるってことでしょうか？」

「わははは、最高じゃん、そのカップル」

「ナナは表現力が違うわね。さすがは詩人よ」

ベスはいつだって、わたしを過分にほめてくれる。

彼女はまだ四十代のはずだ。

ニックには、ふたごの兄と姉がいる。兄はカナダ人女性と結婚してカナダで暮らしている。姉は田舎をきらっており、ベスとの折りあいも悪く、めったに家には帰ってこないという。

末っ子のニックはベスとトムにとって、大切な跡取り息子なのだ。

——俺はこの町が好きなんだ。だから一生、ここで暮らすよ。俺はスモールタウンボーイだから。

そんなニックのことばを思いだしながら、

「若くして、おばあちゃんになる気分はいかがですか?」

わたしはベスにそうたずねてみた。

勢いよく返ってきた答えは、こうだった。

「最高よ！　それはもう。失われていた青春がもどってくるような気分よ。長いこと、果たされていない約束が果たされる感じって言えば、わかる？」

約束。果たされていない約束。

そのことばを耳にしたとき、わたしは半ば反射的に、ニックのほうを見た。

ニックの横顔には、なんの翳りも憂いもなかった。

まっすぐに前を向いて、ハンドルをにぎっている。信号待ちのときには、ハンドルから手を離して、両手でドラムを叩くような仕草をする。

――俺がドラムを叩くんじゃない。ドラムが俺を叩くのさ。

あのころと、ちっとも変わらない。運転のしかたも、ハンドルのにぎり方も。

クロエもイーサンも変わってしまった。ニックだけが変わっていない。ううん、いちばん変わったのはニックかもしれない。だって、父親になるんだもの。

なんて幸せな変化なんだろう。幸せな変化のはずなのに、一抹のさびしさを感じるのは、なぜなんだろう。

それはきっと、ノエルの変化に打ちのめされているから。ノエルがこの世から消えてしまった、消されてしまったという、この絶望的な変化に、わたしだけじゃなくてニックも、クロエもイーサンも圧倒されているから。まるで、自分の手足の一部を失ったかのように、もがきつづけているから。


高速道路に乗りいれた車がぐんぐん、スピードを上げて走っていく。

そのスピードに乗って、さびしさが押しよせてくる。

変わってしまった三人と、いなくなってしまったひとりと、宙ぶらりんなわたし。

果たされることのない五人の約束が、わたしの胸をぐいぐい締めつけている。


「わあ！　すてき！　なんてエレガントなの」

ベスに案内され、今夜から二泊、泊めてもらうことになっているゲストハウスを前にして、わたしは大歓声を上げた。心からの歓声だった。

母屋とは別の離れで、一戸建ての小ぶりなログハウス。ベッドルームのほかに、リビングルームがあり、キッチンまでついている。

「今年の春に建てたばかりなの」

ベスはこぼれるような笑顔を見せた。

「小ちゃな家族も増えるし、そうすると、訪ねてくるゲストも増えるでしょ」

リビングルームの窓をあけると、そこはテラスになっていて、アウトドア用のテーブルといすが置かれている。点々と配された鉢のなかでは初夏の花が咲きそろい、樹木の枝から枝へと飛びかう、小鳥たちのすがたも見える。

テラスから芝生の庭へおりると、ゆるやかな斜面のつきあたりに池がある。池の向こうには白樺の林。池では野生の鴨が泳いでいた。ボートの桟橋もあるから、舟遊びもできるのだろう。

「すてき、すてき、すてき!」

荷をほどくのもそっちのけにして、裸足になってテラスから外へ出て、芝生の上で飛びはねていると、ニックがやってきた。

「ナナ、これからスーパーへ買い物に行くんだけど、つきあってくんない？」

「もちろんよ！」

答えると、ベスがわたしの肩を抱きながら言った。

「おふたりさん、悪いわね。私とローラはこれからディナーの仕込みに取りかかるから」


ベスが去っていったあと、わたしはニックといっしょに、ガレージへ向かった。

ガレージは、母屋のつづきにある。

車三台の入る広いガレージだ。

「わぁーっ、なつかしい！　あのころのままだね」

ガレージに入ったとたん、一瞬、タイムマシンで時をさかのぼったかのような錯覚におちいった。足が床から浮きそうになる。

何もかも、あのころのままだった。

所狭しと壁にかけられた大工道具。フリーマーケットか何かで見つけてきたと思しきナンバープレートやガソリンスタンドの看板。オブジェ代わりに置かれている古い農機具。それから――

ガレージのすみに置かれているギターを見て、わたしは目を見張った。

「あれっ！　なんでここにイーサンのギターがあるの？　こっちは、ノエルの？」

イーサンの緑の「ボクのソウルメイト」と、ノエルの白いベースギターが、ニックのギターのそばに並んでいる。まるで寄りそうようにして。

ニックは腕組みをしたまま、黙ってうなずいている。

ギターのそばには、ニックが小学五年生のとき、サンタクロースにお願いして届けてもらった、つまり親が買ってくれたドラムセット。わたしが日本へ帰る前に残していったキーボードもある。ザ・バンドのポスターも。ウッドストックの写真も。

ここには、全員が集合している。

ここには「オン・ザ・ロード」が存在している。

「俺たちカントリーボーイズ」は、ここから生まれた。

We're a pair of country boys
Kings of the back hills
Friends that write the country songs
That keep the world chill
We're making music tonight
Singin' till the dawn's early light

二番の歌詞を思いうかべながら「そうだった、カントリーボーイズは『ひと組』だ。ということは、やっぱりノエルは入っていなかったんだ」と、わたしは気づく。今さら気づいたって「だから、どうなの?」と、言いたくなるようなことに。

気づかなければよかった、と思う。

つかのまの沈黙のあと、ニックが口を開いた。

いつものふざけた言い方ではなかった。懸命にことばを探しながら、必死で話しているように聞こえた。

「ノエルのベースギターは、形見として、俺が彼の両親に頼んで、もらい受けた。イーサンのソウルメイト様は、俺が買いもどしたんだ、強引に取り引きしてな。あいつ、なんで売っぱらうんだよ。こんないいブツを。ナナのキーボートは、ときどきローラが弾いてるよ。だいぶ、上手になった。きみほどじゃないけど」

「ニック、バンドはまだ、やってるんだ？」

はっと我に返ったように、ニックはいつもの口調にもどった。

「やってねえよ。そんな暇、ぜんぜんなくて。ガキができたら、ファミリーバンドでも組むかな。あと何人、つくればいいかな。はははは。さ、行こう！　買い物リスト、山のようにあるんだ」


金曜日の午後三時過ぎ。

スーパーマーケットは、すでに週末気分の人たちや、これから週末を過ごすために必要なものを買いあつめている客たちでにぎわっていた。

トイレットペーパーや洗剤や、スープのストックやジュースにするためのフルーツや、シリアルや小麦粉や卵など、紙袋十個分くらいの買い物をすませて、ふたたび銀色のピックアップトラックに乗りこんだとき、ニックがぽつんと言った。

「ところで、ナナ」

空港で再会したときから今まで、言いたかったことを言えないまま、がまんしていた。今、やっと言うことにしたよ、言ってもいいかな？　聞いてくれるかな？　そんな胸の内が透けて見える。

もしかしたら、ふたりきりでスーパーへ行こうとした理由は、これだったのか。

「なぁに、あらたまって、愛の告白なんかしないでよ」

わたしはジョークで切りかえす。

こういうときに、さらっとジョークを言うのが、アメリカ人の会話の礼儀というか、流儀というか、決まりみたいなものだから。

そばかす顔がくしゃっと笑った。

「告白だ。俺にはきみに、話しておきたいことがある。今、話してもいいかな？」

問いかけると同時に、ニックはカーラジオのスイッチを入れた。まるで、わたしの答えには関心がないとでも言いたげに。本当はその逆だと、わたしにはわかっている。

カントリーソングだけを流している局から、陽気なタッチの曲が流れてきた。失恋した男がウィスキーの海に溺れている、というような内容の歌。

ヴォリュウムを適度にしぼってから車をスタートさせると、ニックは堰が切れたように話しはじめた。

去年の六月のあの日、何があったのか。

あの日、小学校で、何が起こったのか。

どうして、あんなことが起こったのか。

それは、クロエからのメールでも知らされていたことだったし、インターネットで見つけだしたローカル紙でも報道されていたことだった。

小学校で起こった乱射事件。

スクールシューティング。アメリカでは決して珍しい事件ではない。日本でも大々的には報道されなかった。死者は三人。重軽傷者の数は二十数人。犯人のひとりはその場で自分を撃って死亡。もうひとりは人質を取って立てこもったが逮捕され、拘留されたあと釈放され、裁判、控訴をくり返しながら、現在もまだ裁判中。

三人の死者のうちふたりは、幼い子ども。そしてもうひとりは、ノエルだった。

「俺にも責任があるんだ。俺はあの日、ローラの親戚の家に呼ばれていた。だから最初から『俺は行けない』って言ってあった。だけど、今にして思えば、ローラの親戚の家なんて、別にその日じゃなくてもよかったんだ。俺がちゃんと現場へ行ってたら、あんなことにはならなかったかもしれない」

その日、隣町の小学校で催されるイベント「楽器と遊ぼう」に、イーサンとクロエとノエルは三人で参加して演奏する予定だった。プログラムにもそう記されていた。だから、ニックに責任があるとは、わたしにはどうしても思えない。

「最初から出る予定じゃなかったんでしょ。だったら」

「そういう問題じゃないんだ。小学校のイベントだからさ、ボランティアということもあったし、音楽なんてわかってんのかっていうような、よちよち歩きのひよこたちが客だから、俺、最初から相手にしていなかった。そのことの責任は、少なくともあるはずだ」

「責任？」

「そうだ、責任だ。友情と音楽に対する責任だよ。俺と同じ理由だったのかどうか、それについてはなんとも言えないが、クロエとイーサンは、すっぽかした。あのふたりにも、それなりの理由があったんだと思う。きっと深刻なものだったんだろう、ふたりにとっては。そういうことって、あるだろ？　たとえば他人の目から見たら、どうってことないようなことなのに、死ぬか生きるかみたいに、深刻に悩んでいる恋人たちって、いるじゃない？　ふたりにとっては、非常にシリアスなことでも、第三者にはわからないことっていうか。何はともあれ、あのふたりの欠席の理由については、俺はまったく知らない。いや、理由なんてなかった、それが理由かもしれないな。だからよけいに、あいつらは苦しんでいるんだろう。俺も同じだ。苦しんでいる。イーサンとクロエがすっぽかしたとわかった時点で、俺が急きょ、駆けつけたらよかったんだ。なのに、それをしなかった」

おそらくそれは、すっぽかしではなかったはずだ。イーサンが言っていた「クロエの体調が優れなかった」と関係している、ふたりにとっては非常にシリアスな理由だったんだと思う。

もしかしたら、イーサンとクロエは、のっぴきならないふたりの事情をノエルに打ちあけて、親たちにないしょで遠く離れた町の病院へ行くために、その日は小学校のイベントに「参加していたことにしてほしい」って、頼んだのかもしれない。ノエルは理解し、快く引きうけた。彼はそういう人だ。もちろん、すべてはわたしの推察に過ぎないけれど。

「それは、ニックの責任じゃないよ。わたしは、だれの責任でもないと思うよ。イーサンもクロエもそうだけど、どうしてニック、あなたが責任を感じないといけないの？」

イーサンに言ったのと同じようなことを、わたしはくり返していた。

小学校でおこなわれたイベントに、イーサンとクロエとニックは、行かなかった。

ノエルだけが行った。

ノエルだけが行って、ひとりでギターを弾いて、子どもたちといっしょに歌った。

ノエルはその時間を楽しんだはずだ。わたしには容易に想像できる。ノエルは子どもが大好きだし、子どもたちとの触れあいを心から楽しめる人だ。クロエとイーサンもそのことがわかっていたから、ノエルに任せたんだと思う。

楽しいイベントのまっさいちゅうに、乱射事件が起こった。

避けようのない、ひどい事件に巻きこまれて、ノエルは命を奪われた。

それは、三人の責任だろうか？

「過去に起こってしまったことに対して『もしもあのとき、こうしていれば』『もしもあのとき、ああしていなければ』ってどんなに思ったって、しかたがないでしょ」

これも、イーサンにも言ったことだった。イーサンはわたしに「きみは遠くにいたから、できごとを正しく、認識も実感もできていない」と言った。

それに対して、わたしは何も反論できなかった。

ニックからは、意外な答えが返ってきた。

「あのな、ナナ。ノエルは、殺されたんじゃなくて、自殺したかもしれないんだ。彼の自殺を止めることができたのは、俺たち三人だったかもしれない。それでも責任がないって言えるのか？」

「自殺？」

フロントガラス越しに見えている一本道がふいに途切れてしまって、車ごとストーンと、落下していくような気がした。

「ノエルが自殺するなんて、ありえない」

自分で自分の声を遠くに聞きながら、でも頭のどこかで「ありえる」と思っている自分がいる。そんな自分を、激しくわたしは憎んだ。

「だから、イーサンとクロエは、ここにもどってこないの？　来られないの？」

わたしの声はかすれている。

ニックは黙っている。「イエス」を意味する沈黙なのか。

「そんなの……」

わたしも何も言えなくなった。

ニックは、ノエルの自殺を止められなかったことに責任を感じ、イーサンとクロエは、自分たちのせいでノエルは自殺したと思いこんでいる？

イーサンは言っていた。ノエルのお姉さんから「弟を殺したのは、あんたたちだと言われた」と。

あのことばの意味は、こういうことだったの？

クロエの瞳に宿っていた悲しみと、イーサンが明るくふるまって、懸命に取りつくろおうとしていた「心の傷」がよみがえってくる。クロエとハグしあったときに感じた、あの、寒々とした感覚。生きている人を抱きしめているような気がまるでしなかった。

叫びだしたいような気持ちになっている。

違うよ、違うよ、そんなの、ぜんぜん違うよ。おかしいよ。

だって、わたしたちはあんなに仲よしで、心の通いあった友だちどうしで、音楽でつながりあっている五人だったじゃない？

ノエルは自殺したりしないよ。

だいたい、なんであれが自殺だと言えるの？　犯人に撃たれて死んだのに、なぜ自殺なの？　そんなのへんだよ。絶対へんだよ。ノエルはただ、子どもたちをかばおうとして、その場でできることをせいいっぱい、しただけだよ。それだけだよ。

過去を、現実を、すべてを否定したい気持ちが押しよせてくる。

あんなことは起こらなかった。

あれは現実に起こったことではない。

ノエルは生きている。わたしたちがそのことを知らないだけ。そんな理不尽な思いにすがりたくなる。

目の前に、分かれ道が見えてきた。
ニックの家へつづいているのは、左の道だ。
ニックはハンドルを右に切った。
どこへ行くの？
問いかけるよりも先に、答えが返ってきた。
「彼がきみを待っている。ずっと会いたがっていたんだ。死ぬ前も死んだあとも」
やがて、道の両脇に白いピケットフェンスが見えはじめた。
並木として、白いあじさいの木が植わっている。等間隔に。
その向こうに、十字架が見え隠れしている。
この道の先にあるのは、ノエルの眠る墓地なのだとわかった。

5
子どもたちは何を見たのか
What Did the Kids See?

車から降りて、墓地の入り口に向かっているわたしの背中に、追い風がニックの声を運んできた。

「ナナ、ちょっと待って。これを持っていこう」

ふり向くと、ついさっき荷台に積みこんだスーパーマーケットの紙袋のなかから、花束を抜きとって、わたしに差しだそうとしている。

白百合と、うすいピンクのカーネーション。

スーパー内の花屋さんで、ニックが花を買いもとめていたとき、それはてっきり今夜の家族のディナーのテーブルに飾るものだと思っていた。現にニックは花屋の店員さんに「俺の奥さんとマムと、ベストフレンドのこの人に贈るためだよ」と言いながら、わたしのほうを見て微笑んでいた。

でも、本当は、そうじゃなかったんだ。

たった今、気づいた。

この花束は、ノエルに捧げるものだったんだ。

わたしは黙って、麻紐で結わえられただけの花束を受けとると、そっと頬を寄せた。

百合の香りに、むせそうになる。これまで、花は人を華やいだ気持ちにさせるものだと思ってきたけれど、花が人をさびしい気持ちにさせることもあるのだと知る。

いつのまにか、ニックがそばに立って、わたしの肩に手をまわしていた。

そうするのも、そうされるのも、自然な行為のように思えた。ノエルに対するふたりの気持ちが、ひとつになっているのだとわかる。

「さ、行こう。あっちだよ」

ニックが指さしているほうへ進んでいく。順路を知っているわけでもないのに、吸いよせられるようにノエルのほうへ向かっていく。

胸のなかで、ノエルと会話を交わす。

――ノエル、会いに来たよ。元気だった？　元気なわけないか？　馬鹿なこと言ってるね、わたし。ごめんね、ノエル。なんにもしてあげられなくて。ひどい目に遭ったあなたに、なんにもしてあげられなくて。

――ナナ、よく来てくれたね。会いたかったよ。元気だったよ。ずいぶん久しぶりだね。

となりを歩くニックも、わたしと同じことをしているのだとわかる。

ニックはノエルと、どんな会話を交わしているのだろう。

まだ新しい、その新しさが切ない、ノエルのお墓の前にしゃがんで、わたしたちは花を供えた。

そういえば、ノエルは白薔薇が好きだった。同じ薔薇でも、野に咲く薔薇が好きだと言っていたことがあった。だけど、ニックの選んだ、いかにもニックの好きそうな大ぶりなこの白百合も、彼は気に入るだろうと思った。ノエルは優しい人だから「ニックが選んだ」というだけで、この花を喜び、愛することができる。

「なあ、ナナ、何か歌ってやれよ。ノエルがきみの歌を聞きたがってるよ」

立ちあがって、ニックがそう言った。

「今、ここで?」

「ここ以外にどこがある?」

「そんなの無理だよ、歌えないよ、わたしはクロエじゃないんだから。あなたこそ、歌ってあげなさいよ」

歌なんて、と、わたしは思っていた。

歌なんて、歌なんて、歌えないよ、悲しくて。

こんなに悲しいのに、歌なんて。

「俺だって、歌えないよ。逆立ちしたって、無理だよ」

「じゃあ、まっすぐに立ったまま歌えばいいじゃない？」

ニックが笑った。釣られてわたしも笑った。

笑いながら、泣いた。笑い泣きなのか、泣き笑いなのか、わからないような涙が出てきた。泣くまいと思っていたのに。

涙がニックのことばを連れてくる。「ノエルは、殺されたんじゃなくて、自殺したかもしれないんだ」――。

自殺ということばが、四方八方からやってきて、わたしを攻めたてている。

「ごめん、ニック、泣いたりして。みっともないね」

「謝る必要ないよ。好きなだけ、泣いたらいい」

わたしたちは、どちらからともなく、ハグし合った。背中をさすり合って、なんとか悲しみをなだめようとした。

不恰好なハグを見て「おいおい、いいかげんにしてくれよ」と言いながら、ノエルが笑ってくれているとしたら、それがせめてもの救いだと思っていた。

墓所をあとにして、来た道をもどり、フロントガラスの向こうに三叉路が見えてきたとき、思いきって、提案してみた。

さっきからずっと、ひとりで考えていたこと。

「ニック、もしも時間がだいじょうぶなら、わたし、小学校へ行ってみたいんだけど、だめかな？」

「へ？　小学校って、それはつまり、あの……」

「そう、あの事件が起こった場所よ。ノエルが生きてた場所、彼が最後まで勇敢に闘った場所へ行ってみたいの。この目でちゃんと見てみたいの」

最後まで勇敢に、ということばを、わざと強く発音した。

わたしの内面ではノエルは「犯人と闘った」ことになっている。そうでなかったらおかしい、とさえ思っている。ノエルは自殺なんかしない。ノエルは最後まで、子どもたちを守ろうとして、闘ったはずだ。ひとりでも多くの子どもたちを救おうとして。

ニックは車内のデジタル時計にちらっと視線を当ててから、わたしのほうは見ないで言った。

「時間は特に問題ないし、今の時間ならまだ校内にスタッフも残ってると思うから、見学くらいなら、させてもらえると思うけど」

「けど、何?」

「ん、いや、なんでもない。よし、きみがそう望んでいるなら行こう。これだって、弔いの訪問の一種だものな」

三叉路からふたたび、スーパーマーケットのある大通りまで引きかえした。

スーパーの並びには、郵便局と、チャイニーズレストランと、不動産屋などが入っている小さなモールがあり、そのとなりに、大工道具屋のチェーン店があり、ガソリンスタンドがあり、銀行があり、少し離れたところに教会がある。

ある、というよりは、それだけしかない、と言うべきか。

小学校は、大通りを隔てて、教会の向かい側にある。

なだらかな丘のたもとに、ゆったりとした間隔をあけて、平屋の校舎が立っている。土地だけはぜいたくにあるから、建物はすべて平屋。高齢の人や障害のある人たちもアクセスしやすいように、どこにも段差のないつくりになっている。

ニックもノエルもイーサンもクロエも、この学校の卒業生だ。

この町で生まれ育った子たちの大半は、併設されている幼児学級を経て、この小学校に入学する。中学生になったときから、車で二十分ほど走ったところにある、もう少し大きな町の中学校へ進み、その後、同じ敷地内にある高校へ進む。

わたしは、この小学校にもこの界隈にも、なじみがない。母といっしょに二、三度、チャイニーズレストランへ食事に来たり、車で通りすぎたりしたことはあったけれど。通りを歩いたこともなかったし、スーパーも郵便局もガソリンスタンドも、ここでは利用したことがなかった。

もちろん、小学校の敷地内へ入るのも、これが初めてだ。

広々とした運動場と駐車場。

駐車場の脇には、黄色いスクールバスの発着所がある。

丘はそのまま小高い山につながっている。だから、小学校の背後には深い森が広がっている。犯人のひとりはこの森へ逃げこんだあと、山の中腹にある宿泊施設——ベッドと朝食を提供するBアンドB——で人質を取って立てこもろうとした。しかし、相棒の撃った流れ弾に当たって腕に負傷をしていたことと、施設の経営者が狩猟用の銃を所有していたことも功を奏したのか、最後は、踏みこんできた警察官たちにあっけなく取りおさえられたという。


がらんとした駐車場から、わたしは山を見上げた。

無数の子どもたちを傷つけたあと、この山を駆けのぼっていった犯人は何を思い、何を考えていたのだろう。逃げきれると思っていたのか。あるいは、死に場所を探していたのか。

「ねえニック、もしも気が進まなかったら、あなたは車のなかで待ってて。わたし、ひとりでもだいじょうぶだから」

駐車場に停められた車から降りる前に、そう言ってみた。

ニックは真顔で答えた。

「いや、俺も行く。行きたいんだ。実はあれから一度も、ここへ来ていない。怖かったんだ。だから避けてた。きみといっしょなら、行けそうな気がしている」

「そうだったの……」

入り口にある警備員オフィスで事情を話して、訪問者用のバッジを受けとった。

ニックの事情説明は、こんなふうだった。

「彼女ははるばる日本からやってきた。去年、あの事件で亡くなったノエルの親友だ。俺も親友です。さっきふたりで、親友の墓参りをすませてきました」

スタッフは「マスコミ関係じゃないね？」と念を押したあとに、こう言った。

「建造物の見学だけなら問題ない。生徒たちは全員、家に帰ったあとだし、教師が四、五人、残っていると思うが、教師へのインタビューはお断りする。いいね？」

小学校の校舎は合計五棟。

校長室や教員室や事務局のある建物を取りかこむような形で、四棟の学舎がある。まんなかの建物と学舎は、放射線状に延びている屋根つきの廊下で結ばれている。

「こっちが一年生と二年生の校舎で、その向こうにあるのが、三年生と四年生、その手前にあるのが五年生と六年生……なつかしいなぁ。まったく変わってないよ」

事務局のそばを通りぬけたところにある小ホールまで来ると、ニックは立ちどまって、あたりを見まわした。

ホールの壁には、備えつけのロッカーが並んでいる。体操服や、本やノートや参考書や、靴などが入っているのだろう。ほかにも、親には見せたくない、その子だけの秘密の宝物とか？

それぞれのロッカーには、正方形のネームプレートがはめこまれていて、そこに思い思いのやり方で名前が書かれている。イニシャルだけの子、自分の好きなキャラクターグッズのステッカーを貼っている子、動物のイラストを描いている子。

ふいに、記憶の谷底に沈んだままだった、ノエルのことばがよみがえってきた。

――ぼくは転校生だった。三年生のとき、引っ越してきたんだ。医師である母の仕事の関係でね。最初は、友だちなんて、ひとりもいなかった。さびしかったよ。だからといって、積極的に友だちをつくれるような性格じゃなかったから、ぼくは本に逃げこんだ。本を読んでいると、孤独を感じないですむからね。本のなかには対話がある。それは作家と一対一の対話でもあるし、自分と自分の一対一の対話でもある。その「一対一」というところが気に入っている。

いつでもどこでも、暇さえあれば本を開いていた読書家のノエルに「どうしてそんなに本が好きなの？」と質問したとき、返ってきた答えだった。

今まで、思いだすことのできなかったことばを今、こんなところで思いだすなんて。

「こっちだけど、覚悟はできてる？」

ニックからの問いかけに、はっと我に返る。

思わず知らず、背筋が伸びた。

ニックとわたしの目の前には、四棟の学舎のうち一棟へとつづく、一本の廊下が延びている。

その先には、音楽室、実験室、作業室、図書室など、特別な授業を受けるための教室があるという。子どもたちは、音楽や図画工作などの授業を受けるとき、放課後、図書室を訪ねたいときなどに、この廊下を歩いていく。


惨劇は、この廊下から始まった。

ふたりの襲撃犯は、季節はずれのハロウィンの衣装――ひとりはフランケンシュタインの仮面をかぶり、もうひとりは、目出し帽で顔を覆い、頭に紫色の三角帽子をかぶった魔法つかい――に身を包み、散弾銃を手にしていた。

現場で自殺した犯人の銃は、彼が祖父から譲りうけた「標的射撃」という遊びのためのもので、もうひとりの持っていた自動装てん式散弾銃は、インターネットで購入されたものだったという。

ふたりは、あらかじめ計画していたとおり、駐車場からフェンスを乗りこえて、直接、特別教室のある学舎につながっているこの廊下を目指した。

みずみずしい若葉に陽の光が降りそそぐ、美しい六月のその朝、一年生から六年生までの大勢の子どもたちが、サマーキャンプの一環として催されていたイベント「楽器と遊ぼう」に参加するために、音楽室に集まっていた。

音楽室は、小規模なコンサートに使えるほど広く、常置されているグランドピアノやドラムセットのほかに、ありとあらゆる楽器が収納されているウォークイン・クローゼットもあった。ほかの教室と違って、壁の一面が全面、ガラス張りになっている。眺めがいい。けれども外へ出られるドアがない。つまり、音楽室は袋小路にあった。

夏休み中だから、ほかの学舎には子どもたちはいない。教師の数も少ない。

イベントは、午前十時から午後三時まで。大人たちは、子どもたちを送りとどけたあと、去っていく。お昼の一時間は、参加者は外の芝生の庭へ出て、ピクニックをする。だから犯人たちは、襲撃時間を午前十一時半と決めた。室内のほうが襲撃しやすいし、大勢を殺せると考えたのだ。

十時から十一時までは、ピアノと歌。地元のピアニストが呼ばれていた。

十一時から十二時までは、ギター。イーサンとクロエとニックが欠席し、ノエルだけが参加した。

午後は、地元の室内管弦楽団のメンバーが何人か来る予定だった。

「みんな、元気かな？　調子はどう？　ぼくはごきげんだよ。こうしてみんなに会えたからね。きょうはみんなといっしょに、ギターと遊びたいと思う。あとで、みんなにもギターを弾いてもらおうと思う。じゃあ、よろしくね」

ノエルは短い自己紹介とあいさつを終え、アコースティックギターをかかえて椅子に腰かけると、手始めに、子どもたちにもなじみのあるビートルズの曲を何曲か、弾いて聴かせた。本来ならイーサンがリードギターを弾き、ニックがドラムを叩き、クロエが歌をうたい、ノエルはベースギターを弾いていればよかったわけだけれど、何もかもをひとりでやることになった。だからといって、不満を感じたり、友だちを責めたりする人じゃない。

午前十一時二十五分。

ノエルのギターに合わせて、子どもたち全員が手拍子を打ちながら「レット・イット・ビー」を歌っているまっさいちゅうだった。

外から廊下に入るためには、内側から鍵のかかっているドアをあける必要があった。犯人たちはその鍵を撃ちぬいて、ドアを壊してから侵入した。

ドアを壊すための最初の一発、あるいは数発。

それが彼らにとっての「よーいドン」だったのだろう。

新聞記事によれば、ある子は「バリッ」と壁がはがれるような音がしたと、ある子は「パンパンパン」と乾いた音がしたあと、「ドッカン」と大きな音がしたと、証言したという。なかには「歌に夢中だったから、何も聞こえなかった」と言った子もいた。

——友だちがいなくて、休み時間にも昼休みにも本ばかり読んでいたぼくに、声をかけてくれたのはニックだった。小六になっていたかな。ニックは人気者だった。明るくてひょうきんで、ジョークがうまくて、小学生なのにドラムもうまくて、女の子にも、もてていた。ニックはだれかから、ぼくが趣味でギターを爪弾いていることを聞いたらしくて「よう、ノエル。俺んちで、ギグやんない?」と声をかけてきてくれた。ニックの家のガレージへ行くと、そこにイーサンがいたんだ。

生意気な小学生の男の子三人が一丁前に、ガレージでドラムを叩き、ギターをかきならしている姿を想像するたびに、わたしの頬はいつだってゆるんだものだった。

かわいいなぁって思って。

かわいい三人の小学生たちに、会ってみたかったって思って。

けれども今、廊下を歩きはじめたわたしの頬は、緊張のあまり、引きつっている。

わたしが今、歩いているこの廊下を、フランケンシュタインと魔法つかいに扮した犯人たちも歩いた。いや、走ったのか。

ドアの破壊音に気づいた警備員が駆けつけてくる前に、子どもたちが隠れたり、逃げだしたりするよりも前に、音楽室へなだれこみ、できるだけ多くの命を奪ってやる、と、思いながら。


廊下のまんなかあたりまで歩いてきたとき、ニックとわたしの足が同時に止まった。

ベージュの壁に、おそらく子どもたちの目線を意識した位置に、三枚の額入りの写真がかかげられていた。額のまわりには、紙でつくられた色とりどりの花が写真を埋めつくさんばかりに飾られている。子どもたちのつくった花なのだろう。

マリリン（三年生）
アレックス（四年生）
ノエル（ギタリスト）
ひとりひとりの写真の前で、わたしは手を合わせて黙祷をし、ニックは胸の前で十字を切った。
三年生といえば九歳で、四年生といえば十歳。ノエルは十八歳。二ヶ月後の八月から、フィラデルフィアにある大学へ通うことになっていた。
どれだけたくさんの幸せと喜びが、どれだけ多くの「いいもの」が、三人を待っていたことだろう。それらのすべてが遮断される、ということの残酷さ。理不尽さ。神様なんていないに決まっていると思いたくなるのは、わたしだけだろうか。
三人の写真が飾られていることを除けば、
「この廊下も、以前のままだよ。何も変わらないね」
と、ニックはつぶやいた。

「走っちゃだめだって言われてたこの廊下で、俺たち、どれだけ短距離レースの競走をしたことか」

笑い声、しゃべり声、歓声、ささやき声。

子どもたちの楽しそうな声が、そこら中に染みこんでいるようなこの廊下に、悲鳴と怒号と銃声が響きわたり、床や壁や窓ガラスに血液が飛びちった朝のことを想像しようとしてみる。できない。したくもない。

ニックの話によると、

「一時期、この廊下と特別棟をぶち壊してしまって、新しくつくりかえる、という計画もあったらしい。しかし、そんなことをしたら『負けだ』という強い声が上がって、この計画は頓挫した。卑怯で卑劣で極悪非道な犯罪に屈しないためにも、廊下や校舎はそのままにしておくべきだってな」――。

過去を封じこめ、忘れようとするのではなくて、過去を思いだすこと、事件を忘れないでいること、死者たちを記憶にとどめておくことこそが、卑怯で卑劣で極悪非道な犯罪に打ち勝つ方法である――もちろん頭では、理解できる。

それが正しいやり方なんだろう。

感情的にはどうか。

思いだすたびにつらくなるようなことを思いだすことで、いったい何を乗りこえられるのだろう？　悲しみ？　痛み？　喪失（そうしつ）の苦しみ？

そもそもそれらは、乗りこえていけるものなの？

正直なところ、わたしは、忘れてしまいたいと思う。弱虫かもしれないし、負け犬かもしれないけれど、忘れてしまいたい。

忘れることによって、それが無理ならせめて、忘れてしまったふりをすることによって、笑顔を取りもどせたらいいなと思う。

ノエルだって、そのことを望んでいるのではないか。いつまでもいつまでも傷口を広げるようにして事件を思いだすことが、果たして死者を弔（とむら）うことになるのだろうか。

そう思ってから、強く打ち消す。

こんなことを思えるのは、わたしがこの町で生まれ育っていないから、事件があったとき遠い日本にいたから、わたしが被害者の家族ではないから。きっと、そう。イーサンが言ったとおり、わたしが「できごとを正しく、認識も実感もできていない」からなのだ。

とうとう、音楽室の前まで来てしまった。

——ニックとイーサンという友だちができてから、音楽室は小学校のなかで、図書室の次にぼくの好きな場所になった。よく三人で演奏したよ。先生に頼まれてね。ピアノのうまい先生と四人で演奏したこともある。クロエが歌ったこともある。あのころのクロエは恥ずかしがり屋で、ぼくらには近づこうともしなかったけどね。

音楽室には、鍵がかかっていた。

「オフィスで鍵を借りてくるよ」

そう言って、踵を返そうとしたニックを、わたしは止めた。

「その必要はないわ、ニック。ここまででいい。じゅうぶんよ。廊下を歩いて、ノエルの写真にもあいさつできたし、わたしはこれでいい。もう帰ろう。みんなが待ってる」

ニックは黙ってうなずいた。

「ありがとう、わたしのわがままにつきあってくれて」

「わがままだなんて。でも俺ももう帰りたいよ」

平気なふりをつづけていただけで、ニックもそうとう参っていたのかもしれない。

わたしの精神も、限界に達しようとしていた。

想像によって心が傷つき、想像しても何も浮かんでこない空洞に胸を締めつけられる。それは、嫉妬の苦しみにも似ている。

苦しくなるとわかっているのに、想像しないではいられない。

想像地獄。

その日、その朝、あいたままになっていた音楽室の入り口から、突入してきたふたりの男たちの姿を目にしたとき、子どもたちは何を思い、何を感じていたのだろう。

直前にドアが破壊された音は、音楽室にいた子どもたち約百名の耳に、どんなふうに届いていただろうか。

それが犯罪の予兆であると、気づいた子はいただろうか。

恐怖を感じるよりも先に、ハロウィンの衣装は遊びで、散弾銃はおもちゃだと思った子もいたのではないだろうか。これもこのイベントのアトラクションのひとつだと。

逃げようとする子と、笑って近づいていこうとする子が、いたのではないか。

逃げようとした子も、笑って近づいていこうとした子も、撃たれた。

撃たれて、倒れた。

体に穴があいて、そこから血がふきだした。

痛かっただろう。怖かっただろう。ショックで気を失った子もいたかもしれない。

「ボウリングのピンが倒れるように、みんながザーッと倒れたんだ」

と、親を通して新聞記者に語った子もいた。

「うしろのほうに座っていた子も、前のほうに座っていた子も、同時に倒れた。弾があちこちから飛んできた」

犯人たちが使用したのは「スラグ弾」と呼ばれている特殊な弾丸で、一般的な散弾と違って、最大七百メートルのところまで弾が届くという。

「警備員の人が教室へ入ってきて『やめろ』『やめろ』と叫びながら、撃たれた子を抱きかかえていた」

「算数の先生が『クローゼットだ、楽器のうしろへもぐりこめ』って叫んでた」

「頭を低くしろー、両腕で頭をかかえるんだーっていう声もした」

「いすを頭にかぶれーって、となりの上級生がかぶせてくれたの」

ノエルは？

その直前まで、子どもたちに囲まれて、ギターを弾いていたノエルはどう思い、どう感じ、どう行動したのだろうか。

背中から銃弾を浴びせられた子どもたちと違って、ノエルはそのとき、乱射する犯人たちに、面と向かっていたことになる。距離的には、犯人からいちばん遠くにいたことになる。ノエルもまた、奥の楽器収納庫へ、子どもたちを誘導したに違いない。隠れる場所は、そこしかないのだから。

音楽室を背にして廊下を歩いているとき、ニックが意を決したように言った。

テレビのローカルニュースにも、新聞記事にも出なかったことだという。

「匿名で書かれているブログに出たんだ。嘘か本当かわからない。ブログにも『自分が見聞きしたことじゃない』と書かれていた。だけど、いったん文章になって人目に触れるところへ出てしまうと、半分は真実みたいに思えるものだろ？　文章ってそういうものだろ？」

「わたしには、よくわからない」

嘘から出た実ってこと？

ああ、でもこれは意味が違う。嘘からでた実っていうのは、冗談で言ったことが偶然、本当に起こることもあるって意味だった。

「ノエルは子どもたちを、楽器を収納してあるクローゼットに押しこもうとした。ひとりでも多くの子たちを、押しこもうと躍起になった。だが、スペースには限りがある。半分以上の子たちが、襲いかかってくる弾丸にさらされていた。教室のなかには、逃げまどう子どもたちの悲鳴が満ちていた。ノエルは前へ前へと進んでいった。子どもたちを自分の背後に押しやるようにして、一歩、一歩、犯人たちのほうへ歩みよっていった」

女性警備員の証言によると、

「それは、信じられないような光景でした。そういうことのできる人間がこの世に存在している、ということが私には信じられなかったのです」

という。

そのあとに、彼女はこう語った。

「まるで、みずからすすんで、弾丸に身を差しだそうとしていたように見えました。つまり、まるで自殺をしたがっている人のように見えたんです」

これだけなら「自殺」は、あくまでも警備員の表現であり、比喩であった、というところにとどまっただろう。

しかし、ある子どもがこんな「証言」――それはそのブログだけに出ていた――をしていた、と書かれたことによって、ノエルの自殺説がまことしやかに流布する結果をまねいた。そうして、ブログを鵜のみにしたノエルの姉、ジェシカの怒りに火を点け、クロエとイーサンを追いつめることになった。

その証言とは？

ニックは言った。

「その子はね、ノエルが自分のそばを通りかかったとき、『キル・ミー・プリーズ』って叫んでいたって言ったんだ」

ぼくを殺してくれ？

そのことばが犯人の耳に届いていたかどうか、そんなことはわからない。届いていようといまいと、犯人はノエルを撃っただろう。

胸を撃たれたノエルが倒れて、床に崩れおちるのと、州警察の派遣した狙撃チームが現場に到着したのは、ほぼ同時だったという。犯人のひとりが自分を撃ったのは、その直後だった。


駐車場まで歩いてきたとき、わたしはニックに向かって言った。

言っておかなくてはならない。きっぱりと、ノエルの名誉のためにも。

「そんなブログ、わたしは信じない。だいたい匿名で書かれたものに、どんな信憑性があるというの？　もしもわたしたちのことを知っているのだとしたら、匿名で書くなんて、ますます卑怯じゃない？　書いた人にはきっと、悪意があるのよ。ゲイの人たちに対する偏見があるんだと思う。ゲイは男らしくないとか、そういう偏見。ノエルが片想いの恋を苦にして、犯罪に便乗して自殺した？　そんな荒唐無稽な作り話にどうしてふりまわされるの？　ノエルはね、『子どもたちを殺すなら、先に、自分を殺してからにしろ』って言ったのよ。説得を試みようとしたのよ、殺人鬼たちに、卑劣な殺人をやめさせようとして。彼は闘ったのよ、最後まで勇敢に。そんなことはニック、あなたがいちばんよくわかっているはずよ。目を覚まして」

車に乗りこんでから、気づいた。

ニックの頬を涙が伝っていることに。

うれし涙じゃないニックの涙を見たのは、初めてのような気がする。

ニックが泣くなんて、ありえないことだと思った。

明るく、気丈にふるまっているけれど、ニックは傷ついた兵士なのかもしれない。自分と闘いつづけて、彼はすり減り、疲れはてているのかもしれない。

6

罪と罰

Crimes and Punishments

「ナナ、疲れたでしょ？　ディナーの支度ができるまで、もうちょっと時間がかかるから、あなたはお部屋で少し、休憩してなさい。だれかを呼びに行かせるから」

ニックのお母さんのベスからそう言われて、わたしはゲストハウスに引きあげた。

確かに疲れていた。

朝はニューヨーク州のハドソンにいた。そこから飛行機に乗って、ここまでやってきた。長距離移動による体の疲れ。それ以前に、日本とアメリカ東海岸との時差による疲れもある。昼と夜が逆転しているために、昼間はすぐ眠くなるのに、夜は目がさえて、なかなか眠れない。

だけど、それだけじゃなかった。心の芯がぐったり疲れていた。その理由は、小学校へ行ったから。事件の起こった現場へ行って、いろいろなことを考え、想像したから。想像して、悲しんだり、怒ったり、犯人たちを憎悪したりしたから。

はだしでテラスに出て、ロッキングチェアに揺られながら、本を読むことにした。こういうときには本に限る。

そうだよね、ノエル。

——本を読んでいると、孤独を感じないですむからね。本のなかには対話がある。それは作家と一対一の対話でもあるし、自分と自分の一対一の対話でもある。その「一対一」というところが気に入っている。

テラスには、気持ちのいい夕風がそよいでいた。香りもいい。

柔らかい風が鉢植えのペチュニアの花を揺らしている。みつばちが飛んできて、赤い花から青い花へ、白い花から紫の花へと、顔を突っこんでまわっている。

近くでも、遠くでも、小鳥たちがさえずっている。まるで「みなさん、そろそろおうちへ帰りましょう」と、声をかけ合っているかのように。

目の前に広がっている芝生の庭に、スプリンクラーが霧雨を降らしている。初夏の陽射しをたっぷり浴びた緑がほっとしている。

「五月の連休にアメリカへ行ってくる。高校時代のバンド仲間たちといっしょに、ほぼ一年遅れの卒業旅行をするかも」と伝えたわたしに「じゃあ、これ、旅のお守りがわりに。飛行機のなかとか、待ち時間とかに読んで」と言って、母がくれた一冊の本。

タイトルは『旅たびたび』――。

まだ読んだことのない女性作家のエッセイ集。うすくて小さな判型。とても軽いから、旅のお供としてはちょうどいいと思って、持ってきた。

【ニューヨークの春は、買ってほしいものがあるのに買ってもらえなくて、ぐずぐず言っている幼い子ども。そう、雪解け道のあのぐずぐずといっしょ。泥と混じってカフェオレ色になっている雪に、当たっているのは予感と期待の陽射し。

ニューヨークの夏は、ビジネススーツにスニーカーを履いた仕事人。身も心も軽くて、バッグも軽い。背筋をのばして、すいすい歩いていく。ランチタイムは外で。公園のベンチでサンドイッチを頬ばりながら、戦略を練る。夏のバカンスについて。

ニューヨークの秋は、恋する人。カラフルに染まった心は、無情な秋風が吹くと、はらはら地上に舞いおちていく。きょうも一枚、あしたも一枚、心の葉っぱが枝から離れて風に舞う。恋はいいものだなんて、言ったのはだれ?】

そこまで読んだとき、

「やあ、ナナ、こんばんは。ようこそ、古き良き田舎のわが家へ」

ニックのお父さんのトムが、庭から姿をあらわした。ワイングラスを手にしている。

二匹の大型犬もいっしょだ。

「読書のじゃまをしてしまったかな。そろそろディナーの時間だからね。お嬢様、お迎えに上がりました」

言いながら、わたしに手を差しだしている。

「あ、はい。おじゃましています。お世話になります」

あわてて立ちあがろうとしたものの、座っていたのがロッキングチェアだったので、よろけてしまい、本をバサッと落としてしまった。

すかさず拾って埃を払いながら、トムは言った。

「僕の知りあいのひとりに、若かったころ、任務でヨコハマに住んでいたことのある軍人がいてね。彼からよく聞かされたものだよ、日本語は美しいって。美しいけど、むずかしいんだって。世界でいちばん、習得するのがむずかしい言語なんだってね」

知らなかった、そんなこと。

「そうなんですか、わたしにとってはかんたんですけど。英語のスペルを覚えるほうがよっぽどむずかしいです」

「だいたいね、縦に書かれているっていうのが謎めいている」

目尻にきざまれた深い皺。がっしりとした体つき。がんじょうそうな手足。日焼けした顔は、いかにも「ファーマー」のそれだ。

「縦書きが謎……ですか。今までそんなこと、考えたこともなかったです」

「まあ僕も、英語がなぜ左から右へ、横に流れていくのかについては、考えたこともなかったけどさ。川の流れと魚の動きについては、くわしいんだが」

「きょうは釣れましたか？　トラウト」

「ああ、特大のが釣れたよ。ナナ、きみのために釣ったんだ」

そんな会話を交わしながら、わたしたちは母屋まで歩いていった。

「ところできょうは、うちの息子にどこかへ連れていってもらったか？」

答えを返そうとして、わたしはことばに詰まった。

ノエルの眠る墓地と事件の起こった小学校。

すんなりそう言えなくて。

でも、なぜ、言えないの？

「ハーイ、おふたりさーん。みんな、お待ちかねよー」

ローラが長い金髪をなびかせながらわたしたちに駆けよってきた。犬たちは跳びあがって喜び、トムとわたしの会話は中断された。ほっとした。


「わぁっ、すごい、ごちそうだ！」

テーブルの中央に並んでいる料理を目にして、わたしは思わず声を上げた。

実のところ、食欲はほとんどなかった。小学校へ行って、現場の空気を吸ったせいで、すっかり失せてしまっている。

「たいしたものじゃないけどね、田舎の素朴な家庭料理。どうぞ、たくさん召しあがれ」

ベスはそう言いながら、わたしのために椅子を引いてくれた。

「飲み物は、何がいい？」

ローラはわたしにたずねてくれたのに、ニックが答える。

「レモネードだよ、ナナは」

ニックは、わたしがレモネードが大好きだってことを、覚えてくれていたんだなと思って、うれしくなる。

「オーケイ。しぼりたての、すっぱいやつね。はちみつは？」

「いりません」

ベスとトムは白ワイン。ローラはオレンジジジュースをクラブソーダで割ったもの。

ニックはジンジャーエール。

みんなでグラスを合わせて、乾杯をした。

「はるばる日本から来てくれたナナに乾杯」

「再会に乾杯」

「生まれてくる赤ちゃんに乾杯」

「トラウトに乾杯」

「愛と平和に乾杯」

オードブルもサラダもメイン料理もパンも、大皿や大ぶりなボウルにどかーんと盛りつけられていて、それらを順にまわしながら、好きな料理を好きなだけ、自分のお皿に取りわけていく。いわゆるアメリカンスタイルのディナー。かつて母とふたりでこの町に住んでいたころ、見よう見まねで料理やテーブルセッティングをして、わたしたちもアパートメントに人を招待したものだった。

大ぜいでテーブルを囲むのは、久しぶりだった。気持ちが弾んだ。食欲はまだ、わいてこなかったけれど、目と鼻が喜んでいるのがわかった。

ふたつに割って茹でた赤ピーマンのなかに、マッシュルームとズッキーニの炒め物を詰めて、上からチーズをかけて、オーブンで焼いたもの。

焦がした玉ねぎのみじん切りとパセリの入っている、マッシュドポテト。

トムが釣ってきたトラウトの塩焼き。レモンとオリーブオイルをかけて食べる。

人参を千切りにして、レーズンとカシューナッツを加えてあるサラダ。

トマトとブロッコリーとフェタチーズのサラダ。

少しずつ取って、少しずつ味わっているうちに、食欲が出てきた。

マンハッタンへ着いて以来、外食つづきだったから、心づくしの手料理がいっそうおいしく感じられる。

会話は弾み、空気はふくらみ、わたしは夢中で食べた。食べ物だけじゃなくて、みんなの笑い声まで食べた。食べることによって、わたしはわたしの心を癒したかったのかもしれない。

「ナナ、デザートのために、胃袋の一部をあけておけよ」

向かいに座っているニックがわたしにウィンクをすると、ローラはわたしのとなりから、ニックに向かって人さし指をふった。

「あけておかなくてもいいの。デザート用の胃袋はもうひとつ、別のところにちゃあんとついてるんだから」

ニックのとなりに座っているベスが、肩を揺らして笑った。

「じゃあ、ローラ、あなたの場合、赤ん坊の胃袋を合わせると、合計二セットあるってこと？」

「ははは、そりゃあそうだろ。だからあんなに腹が出てるんだよ。みっともないったら、ないぜ。夜中に目が覚めてさ、となりにドラムが寝てるって思って、叩きたくなることだってあるんだぜ」

「まあ、ニックったらひどい。あなた、愛する人に向かってよく、そんなことが言えるわね。ねえナナったら、なんとか言ってやってよ」

笑い声に包まれて、わたしは油断していた。

ここには、あたたかい家庭があり、愛情と信頼で結ばれたカップルと親子がいて、幸せに満ちあふれたテーブルがある。

ここには、この世に存在する、良からぬものが忍びこんでくるすきまなど、ない。

それは大きな間違いだった。

大皿も、大きなボウルもほとんど空になり、ニックとローラとわたしとで、テーブルの上をかたづけているあいだに、トムはお湯をわかして五人分のミントティをいれ、ベスが冷蔵庫から取りだしたレモンタルトを切りわけているときだった。

道で落とし物でも拾ったかのようにして、トムがわたしに声をかけた。

「ところでナナ、きょうの午後はどこへ行ってたの？　ニックとどこかへ出かけてたんだろ？」

すかさずニックが答えた。

「スーパーへ買い物に行ってただけだよ」

追いかけるようにして、ベスが言った。

「そうよ、私が頼んだの。何か文句ある？」

「いやいや、文句はないけどさ、あした、よかったら僕とニックとで、彼女をどこかへ、そうだな、山か湖へでも連れていってあげようかと思って、きょうはどこへ行ったのか、たずねたまでだよ」

すると、ローラがこう言った。あっけらかんとした言い方だった。

「このふたりはね、ノエルのお墓参りに行ってたの。そのあと、小学校へもね」

一瞬、その場の空気が硬くなった。そんな気がした。ニックのこめかみがぴくっとふるえた。そんな気もした。

おそらくニックは帰宅後、ローラに一部始終を話したのだろう。しかし、ローラがみんなの前でこんなふうに口をすべらせる、とは思っていなかったのかもしれない。

この家のなかでは、ノエルとあの事件の話は「禁句」なのだ。

そのことに、わたしは気づいていた。それは、空港で三人に出迎えられたときから、漠然と感じていたことだった。ディナーが始まってから、それは確信に変わった。そしてわたしは納得した。

だから三人は終始、あんなに明るくふるまっていた。車のなかでも、家に着いてからも。

あの明るさは、わたしの訪問は歓迎するけれど、事件のことはこの家には持ちこんでほしくない、というメッセージだった。だから対照的に、ニックとふたりきりになったとき、彼の表情はあんなに暗かったのだ。

ローラが口火を切った。

もしかしたらローラは、こういう機会を待っていたのだろうか。

「ねえ、みなさん、もう下手なお芝居は、やめにしない？　せっかくナナが来てくれてるのよ。みんなで思いきり、話しあいましょうよ。あの事件をなかったことにするのではなくて、きちんと事実に向きあって、みんなで意見を交換して、みんなで話しあえば、解決の糸口も……」

「やめろよ、ローラ！」

ニックが声を荒らげた。

「解決って、どういうことだ？」

「それは、あなたがいちばんよく、わかっているはずよ」

「わかってねえのは、おまえさんだ。よけいなおせっかいは、よせ！」

叫ぶように言いながら、ニックは手にしていた皿をシンクに叩きつけた。お皿は割れなかったけれど、胸にズキンと響くような音がした。

「あなたこそ、乱暴はやめなさい、ニック」

ベスの声もとんがっている。

「その乱暴が、あなたの問題でしょ。早急に解決するべき事柄よ」

ローラが鬼の首を取ったように言った。

トムは静かな口調で言った。

「ニックが自暴自棄になっているのは、動かしがたい事実だ。みんなで話しあう意義はあるかもしれないよ」

「そうよ、あたしたち、家族でしょう。夫婦になって、これから赤ん坊だって生まれるのよ。父親がぐらぐらしてていいの？」

「そうよ、とってもいい機会だわ。ニック、みんなで」

「話しあわないし、その必要もないし、その意義もない。だいたい、俺は自暴自棄にもなってないし、ぐらぐらもしてねえよ。だいたい、俺のどこかがおかしくなろうと、なるまいと、そんなの俺の勝手だろ。そんなこと、おまえらに関係ないだろ」

石を投げつけるようにそう言ったあと、ニックは「馬鹿にするな！」と言いすてて、二階へつづく階段を駆けあがっていった。

「待ちなさい、ニック」

「うるさい！　放っておいてくれ！」

ローラは肩をすくめて「やれやれ」と言いたげな表情になっている。ふたりのあいだでは、似たような口論がくり返されてきたのかもしれない。

レモンタルトののった小皿をわたしに渡しながら、ベスは言った。

「ナナ、ごめんなさいね。これじゃあ、せっかくのディナーが台なしね。今夜、こんなふうになるなんて、想像もしていなかったんだけど、あの子、あれ以来、本当にいろいろなことがあって、センシティブになっているの。許してやってね。さ、デザートをいただきましょう。ローラが焼いてくれたのよ」

気まずい雰囲気のまま、四人で甘酸っぱいお菓子をもそもそ食べた。お砂糖よりも、レモンの味が濃くて、本物のレモンの皮が入っていた。畑から摘んできたミントの葉っぱでつくったというお茶は、夏の太陽の味がした。

デザートを食べおえたあと、トムの提案で、わたしたちはリビングルームのソファーに移動した。

長椅子がひとつ、一人掛けのソファーがふたつ、「ラブチェアー」と呼ばれている二人掛けのソファーがひとつ。どのソファーにも、手づくりのキルトのクッションが置かれている。部屋のまんなかには、ふかふかのじゅうたん。その上にコーヒーテーブル。

いったん身を沈めたら、もう二度と立ちあがりたくなくなるようなソファーに、わたしは腰をおろした。トムとベスは長椅子に。ローラはラブチェアーに。

今の季節、暖炉には火は入っていないものの、山盛りにされた薪が飾られている。暖炉の前には、犬専用のマットが敷かれていて、二匹の犬たちはそこで手足を長々と伸ばして寝そべっている。

トムは、飾り棚に置かれているアンティーク調のラジオのつまみをいじって、クラシック専門のチャンネルに合わせた。アメリカのお年寄りが大好きな「3B」――バッハ、ベートーヴェン、ブラームスばかりを流している局だ。

交響曲をバックグラウンドミュージックにした、たわいない世間話がとぎれたとき、

「それはそうと、あなたたち、小学校へも行ってきたのね」

と、ベスが言った。

ローラはニックから聞いて知っていたけど、ベスは知らなかったようだ。

「はい。わたしが、連れていってほしいって彼にお願いしたんです。ノエルのお墓参りをしたあとに」

「まあ、そうだったの！　とってもいいことだったと思うわ。現実から目を逸らしてい

る限り、人はそれを乗りこえることはできない。もしかしたら、きょうの訪問があの子の立ちなおりのきっかけになったかもしれないわ。ナナ、ありがとう。感謝します」

「僕からもありがとうを」

あれは、両親からお礼を言われるようなことだったのだろうか、ニックには立ちなおりが必要なのだろうか、と、いぶかしく思っているわたしに、ローラが問いかけてきた。

「ねえ、ナナ、あなたは、犯行を起こした奴らについて、どこまで知っているの？」

「どこまでっていうと……」

銃撃犯のひとりは二十一歳の青年で、多数の死傷者を出した直後にその場で自殺。

貧しい家庭に生まれ、高校を中退したあと、肉体労働者として働きながら、病気で寝たきりの兄と、アルコール依存症の母親を養っていたという。未来になんの希望も抱けなくなり、絶望の果てに、犯行に及んだ。

もうひとりは二十歳で無職。

株式投資に成功した裕福な両親のもとで育ったものの、日頃から素行が悪く、高校時代には薬物中毒の治療施設に入っていたこともあるという。

犯行当時、ふたりはコカインを吸引していた。酒も飲んでいた。

犯行は綿密に計算され、周到に準備されたものだった。

犯行の動機は「何かおもしろいことがしたかった」「世間をあっと言わせたかった」「人が死ぬところを見てみたかった」「どうせ死ぬならその前に、すかっとするようなことがしたかった」「人間を憎んでいる」——。

犯人について、わたしの知っていることはその程度だった。

ローラは、わたしの発言をさえぎるようにして言った。

「そうなのよ、そんな理由で、罪もない子どもたちを襲撃して、なおかつ、片方は生き残っているのよ。言語道断でしょ。あたしはね、のうのうとまだ生きてる犯人を即刻、殺すべきだと思うの。だって、そんな奴を生かしておいたら、また同じような事件を起こすじゃない？　あなたもそう思うでしょ。ナナ、あなたはそもそも死刑について、どう思う？」

死刑？

とつぜんの問いかけと、「デス・ペナルティ」ということばに驚いて、

「死刑について？」

と、おうむ返しに問いかけてしまった。

ベスがことばを添えた。

「そう、私もローラと同じことが知りたいわ、ナナ。あなたの国では、死刑を実施しているんでしょ。それは有効に機能しているの？」

ますます、頭が混乱してくる。この人たちはいったい何を話したいのか、わたしから、何を聞きだしたいのか。

答えあぐねているわたしに、トムが助け舟を出してくれた。

「実はね、小学校を襲撃した犯人のうち、生きのこっているひとりに対する刑罰が軽すぎるのではないかと、不満に思っている人たちがこの町には多い。つまり、彼を死刑にするべきだと考えている人たちが圧倒的に多い。だが、なかなかそうならない。それに

ついて、ナナはどう思うかってことを、彼女たちは知りたいんだろうと僕は思う」

「そういうことなの、トムが言ったとおりなの。私は死刑肯定派よ」

と、ベスが言った。

「あたしも」

間髪を容れず、ローラが言った。

ローラの説明によれば、二十歳の青年は、父親が巨額の費用を支払って雇った弁護団のおかげで死刑をまぬかれ、無期懲役に近い判決を受けたが、それに対して控訴中であるという。

弁護団は、この犯行はあくまでも、死亡した犯人が計画したもので、被告人は彼にそそのかされたに過ぎない。じゅうぶんに更生の余地がある、と主張しているらしい。

「ねえナナ、こんなことが許されていいはずがないでしょ。子どもたちを恐怖のどん底に突きおとして、大けがをさせて、三人も殺した悪魔がぬくぬくと生きているなんて、どういうこと？　絶対に死刑にするべきよ！　死刑しかないじゃない、あんなおぞましい殺人鬼。さっさと死刑にしないから、みんな悩んでいるの。ニックだってそうなのよ。ニックが不安定になっているのは、そのせいなの。あんな奴が生きてるから……」

一気に吐きすてるようにして、ローラがそう言った。

ベスも同調した。

「私もローラと同じ考えを持っているの。死刑しかないって。ただ、死刑では軽すぎるんじゃないか、とも思うの」

たとえば地雷の撤去作業とか、たとえば新薬の実験台とか、何か命にかかわるような奉仕活動を一生させていくべきではないかしら、と、優しい顔をして、ベスは恐ろしいことを言う。

「まるでナチスだね、それじゃあ」

トムが苦笑いをした。

「この人は、死刑には反対なの」

なんとはなしに救われたような気持ちになって、わたしはトムにたずねた。

「どうして、反対なんですか?」

「うん、それは、死刑は野蛮だからだよ。人間は人間であるべきであって、野蛮人であるべきではない。死刑っていうのは、人殺しだからね。国家が法のもとに人を殺す。一見、正当な刑罰のように見えるかもしれないが、人が人を殺していることに変わりはない。死刑を実行している人のなかには、心の病にかかっている人も多いと聞く。そんな制度が正しいわけがない。子どもたちに『戦争はいけない』『人殺しはしちゃいけない』『命を大切に』って教えたいなら、死刑も廃止するべきだ」

「でもお義父さん、犯人こそ、野蛮人でしょう? 犯人が子どもたちを殺したその野蛮さだけが許されるってわけ? そんなのへんじゃない?」

「目には目を、歯には歯をでは、何も解決できない。死には死を、だけじゃだめなんだ」

「そうかしら?」

ベスは夫に目を向けた。

「そうだよ」

「じゃあ、亡くなった人やご家族の無念さはどうなるの？　自分たちの愛する人が殺されたというのに、殺した人だけが生きつづけているなんて、間違ってない？　トム、たとえば私はあなたがだれかに殺されたら、犯人にも死んでほしいと思うわ。殺されたときのやり方よりも、何倍も残酷なやり方で」

「あたしも同感よ。罪には罰が必要なのよ。罪に罰がともなわなかったら、罪だけの社会になるでしょう？　それこそが野蛮な社会だとあたしは思うの」

「……」

三人の会話が途切れたところで、わたしは口を開いた。

喉がからからに乾いていて、声がかすれた。

「ノエルと子どもたちを殺した人は、残りの一生をかけて、罪をつぐなうべきだとわたしは思います」

小学生みたいな言い方になってしまった。

トムのように、まっこうから死刑に反対、というわけではない。そういう確固たる意見を抱いているわけではない。しかし、死刑が手放しでいいことだ、絶対に必要だ、万能の処罰だ、とも思っていない。

きょう、見てきたばかりの小学校。音楽室につづくまっすぐな廊下。現場で感じていた胸のざわつきを思いだしていた。あそこで起こったことを、起こされたことを、子どもたちが感じたショックと恐怖を、犯人が死ぬ、ということだけで、つぐなえるものだろうか。死刑のほかにもっと、適切な刑罰はないものだろうか。

ローラはわたしに、食ってかかってきた。

「でも、ナナ、そのために、その人殺しを一生、養うために、あたしたちの税金が使われるのよ。一日三食つきの生活を人殺しに提供するのよ。そんな馬鹿なことってある？ いい？ ノエルは、至近距離から犯人に撃たれたのよ。これでもかこれでもかと、半ば遊びで撃たれたの。高校時代には下級生を殴ったり、女の子をレイプしたりしたこともある悪党なのよ。そんなことをした奴を、あなたは許せるの？　そんな奴がこの世界で生きつづけることを、あなたは平気で見ていられるの？」

そう言われると、わたしには返すことばがない。

ただ、犯罪者を死刑にするだけで、本当に何もかもが解決するのだろうかと、疑問に思っていることだけは確かだ。その疑問こそが、わたしの意見であると言えるだろう。

トムが話の矛先を変えた。

「しかし現に、死刑では、犯罪を防げないという数字だって出てるんだよ。死刑制度のある国や州の犯罪率が低いのかっていうと、これがぜんぜん、そんなことはないんだ。アメリカでも、死刑を廃止している州はたくさんある。先進国のなかで、死刑を実施しているのは日本と、アメリカの一部の州だけなんだよ」

淡々と、トムは語った。

「ヨーロッパでは確か、ベラルーシを除く全部の国が廃止している。韓国では、制度そのものは残っているが、一九九八年以来、執行していないから、事実上の廃止国だと言えるだろう。アメリカでは、廃止州が増えているし、傾向として、今は廃止の方向に向かっている。これらの事実の意味することは、なんだろう。さっきも言ったとおり、先進国と言われている国々のなかで、死刑制度があって、いまだに死刑執行をつづけているのは日本とアメリカだけ、ということだ」

そんなこと、今の今まで、知らなかったし、考えたこともなかった。第一、今夜こうしてこのリビングルームにやってくるまで、わたしは「死刑」について、本気で考えたことさえなかったのだ。

「ドイツではね、戦時中のナチスによるユダヤ人大虐殺を反省し、死刑が政治的に使われることがないように、第二次世界大戦終結の数年後に死刑を廃止している」

ベスが言った。

「でも、あなたの国では、廃止もしていないし、積極的かどうかはわからないけど、とりあえず執行をつづけている。ってことは、なんらかの必然性があるわけでしょう？つまり日本では、死刑が有効に機能しているってことでしょ？」

ローラはうなずいている。

「そうよ、きっとそうなのよ。どうなの？　ナナ」

トムは腕組みをしたまま、わたしに視線を向けている。

「要は、日本では国民も納得し、死刑制度を受け入れているってことなのかな？　僕みたいに、反対している人たちはいないの？」

日本ではどうなのか？　と、ふたたび三人から異口同音に訊かれて、ひとつ、思いだしたことがあった。それについて、話してみた。

「以前、日本のある小学校で、きわめて残酷な殺人事件が起こったことがあるんです。日本では、拳銃所持が禁止されているので、犯人は刃物を持って小学校に侵入し、つぎつぎに子どもたちに切りつけたんです。亡くなった子は、八人だったかな。もちろん、けがをした子も大勢いました」

「ひどい話ね」

「ひどい過ぎる」

「で、犯人は死刑に？」

「はい、死刑になりました。死刑判決から一年くらいで。これは日本ではかなり早い死刑執行でした。でも、そのとき、世論が揺れたんです。本当に犯人を死刑にしてしまってよかったのかなって？」

「なぜ？　どういうこと？」

「それは、犯人が一刻も早い死刑を望んでいたからです」

「えっ、どういうこと？」

「犯人は犯罪についてまったく反省していなくて、とにかく『早く死刑になりたい』って、そればかりを望んでいたみたいなんです」

「つまり、日本の死刑制度が犯罪者の望みを叶えてしまったってこと？」

「そういうことです」

ベスが深いため息をついた。

「この町の小学校で起こったケースと、似ていると言えば、似てるわね。あのふたりも、もともとは自殺したいって思ってたのよね。ひとりは実際に自殺したわけだけど、もうひとりも、最初は死ぬ気で犯行に及んだらしいの。なのに生きのこってしまって、命が惜しくなったのね」

ベスの話を聞いているうちに、もうひとり、思いだした人がいた。

日本では有名な死刑囚だった。

その死刑囚に下された判決が、のちの日本の死刑の基準になったと言われている。母の本棚にあった本を読んで、知った。それは死刑囚が書いた作品だった。母は「それはあなたのおじいちゃんの蔵書よ」と言っていた。亡き祖父は物書きだった。ノンフィクションの作品を何冊か、残している。

「彼は十九歳のとき、アメリカ軍から盗んだ拳銃で、連続殺人事件を起こしたんです。四人の人を殺しました。死刑判決が出たあとも、犯罪は貧困が理由で、これは日本社会の責任であると主張しました。死刑になったのは、四十八歳のときだったかな。そのあいだに、結婚もしたみたいでした」

「げーっ！　嘘でしょ。結婚？」

「思想犯ならともかく、殺人犯と結婚する人なんているの？」

叫んでいるローラとベスのかたわらで、トムは静かに言った。

「十九歳で捕まって、四十八歳で処刑されたとなると、犯罪を犯したときとは別の人間を死刑にしたことになるのかもしれないね」

「お義父さん、それは違う。あたしは別人じゃないと思う。おんなじ人間よ。表面的には違って見えても、根っこは変わらないはず。ううん、もっともっと悪くなっていたかもしれない。つまり、もっとずる賢くなったんだと思う。ナナ、違う？」

たたみかけるようにして、ベスが言った。

「あなたはさっき、その死刑囚が本を書いたって言ったけど、その本は出版されたってこと？　つまり、彼はお金を儲けたのね？」

わたしはうなずいた。

死刑囚の書いた本は出版され、彼には印税が入ってきた。しかも決して少なくない額の。彼はその印税を、自分が殺した人の遺族に送ろうとした。受けとった遺族と受けとらなかった遺族がいた。

「当たり前だわ。あたしなら絶対に受けとらない。そんなお金、破りすてて、焼きすててやる」

「とんでもない話ね。アメリカでは、刑務所で書いた作品を出版することは、法律で禁じられてるの。日本では野放しになっているわけね？」

トムもこのときだけは、ベスとローラに同調した。

「それは実にひどい。本を書いて出版するってことは、それはある種の達成の喜びであり、幸せでもある。死刑囚に、喜びや達成感を与えていいはずはない」

半ば反射的に、わたしの口からことばがこぼれ落ちた。

「だけど、トム、本を書くことによって、死刑囚が自分の犯した罪について考え、反省し、真の意味でのつぐないができるってことも、あるのではないでしょうか？」

「ないね、そんなことは」

「そうよ、ないわよ。そんな可能性があったなら、最初から殺人なんてしないもの」

「あのね、ナナ、死刑っていうのは、もう二度と、殺人鬼が殺人を犯さないための、つまり、未来の犯罪を防ぐための刑罰でもあるの。そうしないと、また同じような事件が起こってしまうでしょう？」

確かに、日本の小学校を襲った犯人は、その犯罪を犯す前にも、想像を絶するほど凶悪な犯罪を犯してきた男だった。


網戸越しに、涼しい風が流れこんできた。

ふいに、二匹の犬が立ちあがって、我先にと窓辺まで走りよった。りすか何かの姿を見つけたのだろう。

ラジオからは、ベートーヴェンのピアノが流れている。まるでさざ波のように。

「お茶をもう一杯、いれてこよう。きみたちは？」

トムがそう言って立ちあがった。

「いただきます」

とわたしは言い、ローラは首をふった。

「いつまでもこんな話をしていたって、何も解決しないわね」

「私はブランデーをいただくわ」

ベスも立ちあがって、キッチンへ消えた。

ローラが肩をすくめながら、わたしに微笑みかけた。

それから、声をひそめて言った。

「あの人たち、ああ見えてけっこう落ちこんでるのよ。ノエルだけが亡くなって、おまえのところの息子は命拾いしたんだな、なんて言われることもあって。でもあの日、あたしの実家で大切な用事があって、ニックは最初から欠席するって伝えてあったんだから、なんの落ち度もないでしょ。なのに、まるでニックのせいで、ノエルが殺されたみたいに言う人もいるのよ」

「そんな……」

「人の口って、恐ろしいものよね。ノエルのお姉さんもね、あることないこと、人に言うもんだから、いろいろと誤解している人も多いの。四人のうち三人が生きのこって、弟ひとりが殺されたことが許せないって、彼女は言うの。怒りの持っていき場がないから、三人を責めているのね。お門違いよ。そういうこともあって、あたしとしてはもう、一刻も早く犯人を死刑にして、この事件をジ・エンドにしてほしいわけ」

「気持ちは、わかるけど」

「あ、でも、ニックはね、死刑には反対なの。トムと同じ考えよ。だからニックには、死刑のことは話さないほうがいい。けんかになるわよ」

「わかった。話さないようにする」

「彼はね、死刑じゃなくて、復讐を望んでるんだと思う。あたしはそれが怖いの」

きゅっと心臓をつかまれたような気がした。

「真夜中にふと目覚めたとき、となりにニックがいなくて、どこで何をしているのかと思ったら、ガレージで、おじいちゃんから譲りうけたハンティング用の銃を磨いていたことがあったの。それも一度じゃなくて、何度も。あたし、恐ろしくて、恐ろしくて……ね、本当にそんなことになったら、どうすればいいわけ？」

いつのまにか、トムとベスがそれぞれの飲み物を手にして、リビングルームにもどってきていた。

「どうもこうもない、奴は絶対にそんな馬鹿げたことはしない。いいか、ローラ、われわれ家族がやるべきことは、彼を信じることだ。違うか？」

ベスは固く口を閉ざしていたけれど、その顔には「私も怖い」と書いてあった。

ニックならやりかねない。そう思うと、背筋がつめたくなる。復讐劇？　そんなこと、金輪際、起こってほしくない。これがこの家族の抱えている「問題」だったのか。これがニックの抱えている「解決するべき事柄」なのか。

トムが咳払いをした。

「さあ、みなさん、本日のディスカッションは終了だ。あとはリラックスして、夜を楽しもう」

「いいわね、外へ出て、月でもながめる？」

と、そのとき、階段をゆっくりと降りてくる足音がした。すかさず二匹の犬たちが迎えに行く。

トムはわたしにマグカップを渡しながら、

「どうやら、わが息子のごきげんも直ったようだな。やれやれ」

目を細めて笑顔をつくった。

リビングルームに姿を見せたニックは、うたた寝でもしていたのか、ぼさぼさ頭になっている。わたしは、ニックは復讐なんてしないと、信じたい。

目をこすりながら「ナナ」と、ニックはわたしに呼びかけた。

「なぁに？」

「ナナ、ノエルのご両親から電話があったよ。あした、みんなで遊びにいらっしゃいって。行くだろ？　もうイエスって言っちゃったけど、よかったかな」

「もちろん！」

ノエルのご両親。あした、わたしのいちばん会いたい人たち。お姉さんにも、会いたい。ノエルの話をしたい。ノエルを愛している人たちと。

おやすみを言いあって、ハグをし合って、ゲストハウスにもどると、スマートフォンに、クロエからのメールと、イーサンからのテキストメッセージが届いていた。

急いで返事を書いた。

ニックの家に無事、到着したこと。

ニックもローラもご両親も犬たちも元気であること。

ニックといっしょに、ノエルのお墓参りをしてきたこと。

とびきりおいしいディナーをごちそうになったこと。

いいことだけを書いた。

小学校へ行ったことは、書かなかった。

ニックの感情が不安定だったことも、死刑に関する会話についても、書かなかった。

当然だ。そんなこと、書けない。

「あしたは、ノエルのおうちに行きます。おやすみなさい、愛をこめて」と、最後を結んで、ふたりに同じメールをCCで送った。

本当は「あさっての日曜日、ウッドストックで集合しようね」と書きたかった？

書きたくなかった。今はもう、そんなことは。

ノエルがいなくなった今、卒業旅行なんてしても、ただ悲しいだけ、むなしいだけだと思った。

7

ノー・ラスト・デイズ

No Last Days

ノエルの家は、町はずれの新興住宅街のなかにある。
ひょうたんの形をした大きな池と湿地帯のまわりを、車で一周できるようになっている通りに、白樺やメイプルやポプラの木立にうずもれるようにして、ログハウスや白い家が、ぽつん、ぽつんと立っている。そのうちの一軒だ。
家の前までは何度か、来たことがあった。たとえば、イーサンかニックの車に乗せてもらって、いっしょにノエルを迎えに来たときや、バンドの練習が終わって、ノエルを家まで送りとどけたあと、わたしの住んでいたアパートメントまで送りとどけてもらうときなどに。

目と鼻の先に、家の番地を示すサインと、黒いボックス型の郵便受けが見えてきたとき、ニックはバックミラーから、後部座席のわたしに視線を当てて、

「ナナ、悪いんだけど、このあたりで降ろすよ。きみはここから歩いていってくれ」

そう言いながら方向指示器を出して、車を路肩に寄せた。

ローラは前を向いたまま、黙って二匹の犬を抱きかかえている。

「え？　どういうこと？　あなたたち、行かないってこと？」

ゆうべは「三人で行こうね」と話がまとまっていたし、今朝の朝食のテーブルでも、車に乗る前も、乗ってからも「ふたりは行かないことにした」なんて、だれも言いださなかったのに。

「悪いね、俺の気が変わったんだ」

「ずいぶん急に変わったんだね。どうして?」

ローラが答えた。

「ゆうべもちらっと話したでしょ。ノエルの両親はノープロブレムなんだけど、ジェシカがあたしたちのことを許してくれてないのよ。ナナの訪問に便乗して、あたしたちがのこのこ顔を出したら、またどんなひどいことを言われるか、たまったもんじゃない。もうこれ以上、傷つきたくないのよ、ニックも、あたしもね」

「そういうことだ」

「だけど、ベスとトムにはこのことは言わないで。よけいな心配をさせたくないの」

だから、いっしょに出てくるふりだけをしたのか。

「わかった。そういうことなら、わたしひとりでだいじょうぶだから。気にしないで」

「ありがとう。ナナは理解が早いな。帰りは、五分くらい前に電話をくれたら、すぐに迎え(むか)に来るから」

「うん、電話するね。たぶん、三時過ぎくらいになるかな?」

今は一時半だ。二時間以上、おじゃまするつもりはなかった。

車を降りて路上に立ったまま、手をふりながら、ふたりと別れた。

敷地の入り口から家の玄関までつづいている、長い車寄せの小道を歩きながら、ローラのことばを思いだしていた。

——一刻も早く犯人を死刑にして、この事件をジ・エンドにしてほしいわけ。

——ニックはね、死刑には反対なの。トムと同じ考えよ。

——彼はね、死刑じゃなくて、復讐を望んでるんだと思う。

耳の奥に焼きついているようなローラのことばに、ついさっき、通りぬけてきた町の中心地にある広場で目にした情景が重なる。

広場には大勢の人が集まって、だれかが演説をし、数人の人たちが署名運動みたいなことをしていた。パンフレットのようなものを配っている人もいた。

「あれはね、犯人の早期死刑を求める運動と集会なの」

ローラが教えてくれた。

人だかりのなかに四、五人、額に入った絵画のような大きな肖像写真をかかげている人たちがいた。あれは、亡くなったふたりの子どもたちの写真だったのだろうか。かかげていたのは、親御さん？

「大けがをした子のなかには、いまだに昏睡状態のままの子もいるのよ。歩けなくなってしまった子もいるの。かわいそうに」

ローラの話を聞きながら、それでもわたしは「死刑を勝ちとろう！」と書かれた立て看板に、うっすらと違和感を覚えていた。

死刑とは「勝ちとる」ものなのだろうか？

もしも死刑が実現したとして、それは「勝利」と呼べるものなのだろうか？

だれにとっての、なんのための「勝利」なのだろう。

「よく来てくれたわね、遠くから。ナナ、ありがとう。シズは元気？」

ノエルのお母さん、リンダは窓越しにわたしの姿を目にしたのか、わたしがたどりつくよりも前に玄関のドアから外へ出てきて、両手を大きく広げながら、出迎えてくれた。

「はい、母は元気です。母からもよろしく、とのことでした」

母とリンダも、学校や教会やコンサートなどでときどき顔を合わせていた。母とリンダは同い年だった。麻酔医であり、画家でもあるリンダのことを母は尊敬していて「あの人は本当にすばらしい人ね」と、ほめていた。才色兼備とは、あの人のためにあることばだわ、と。

「あなた、ひとりで来たの？」

「はい、そこまでは車で送ってもらって」

「そう」

ニックとローラのことも、ニックの両親のことも、何も訊かれなかった。

ニックの家から、歩いてここまで来ることはできないわけだから、だれかが車でわたしをここまで送ってきたはずだ。けれども、家を訪ねてきたのは、わたしだけ。なぜなのか？　その理由をふくめて、リンダはすべてを承知しているように見えた。

「私の夫は急な仕事があって、出かけているの。彼もあなたに会いたかったみたいで、とても残念がっていたわ」

ノエルのお父さんは考古学の研究者で、電車でふた駅、離れたところにある町の大学で働いている。何度か、会ったことはあるけれど、あいさつ以上の会話を交わしたことはない。

「さあ、こちらへどうぞ」

リンダはわたしを家のなかへ招きいれると、玄関ホール、ダイニングルーム、キッチンを通りぬけたところにあるドアをあけた。

ドアの向こうには、三方を網戸で囲われたポーチがあった。

ポーチから裏庭に出られるドアのそばには藤棚があり、早咲きの花がいくつか、ぶら下がっていた。つぼみは、ぶどうのように見える。

「おじゃまします」

「どこでも、あなたの好きなところに座って」

ラタンで編まれた涼しげな応接セットが置かれている。

長椅子のまんなかで、ふさふさの毛をした白い猫が一匹、頭をうしろ足で抱えこむようにして眠りこけている。

「スノーボール」

と、わたしは猫の名前をつぶやいた。

ノエルの可愛がっていた猫だ。名前もノエルから教えてもらって、知っていた。こうして姿を間近で目にするのは初めてだ。かなり高齢の猫に見える。

リンダが言った。

「おばあちゃんなのよ。ノエルが三歳くらいのとき、私たちは駐車場のごみ捨て場で、まだ生まれたばかりだったこの子を見つけて、拾ってきたの。だからもう十五歳?」

三歳と十五歳。それらの数字に、胸を突きさされた。

ノエルは十八歳でなくなったのだ。

たった十八年しか生きられなかった。

「あの子がいなくなってしまってから、この猫はずっと、その長椅子から離れようとしないの。そこがあの子の特等席だったから。いつもそこに寝そべって本を読んでいたわ。そのクッションを枕がわりにして、とても熱心に。ああ、だれだったかしら、あの子の好きな日本人作家は」

「ハルキ・ムラカミですね」

「そう、そう、その人よ。彼のお部屋の本棚には、その作家の作品が全作、並んでるわ」

お茶をいれてくるから待っててね、と言いおいて、リンダはキッチンへ行った。

わたしは長椅子の向かいの椅子に腰かけて、網戸の外に広がっている裏庭をながめたり、猫を見つめたりしていた。

ポーチのなかにも、外にも、いたるところに、ノエルの気配を感じた。

今にも「やあ、ナナ、ようこそ」と言って、どこからかノエルが顔をのぞかせそうな気がする。

裏庭には何本か、メイプルの大木が生えていた。そのうちの一本の枝に、ぶらんこの綱がかかっている。

ああ、あのぶらんこに乗って、幼いノエルは遊んだのだろうか。

それとも、お姉さんといっしょに、あの木に登ったのだろうか。

ぶあつい雲の垂れこめた灰色の空から、今にも雨が降りだしてきそうだった。

「せっかくの機会だから、アフタヌーンティを気どってみたの」

ポーチにもどってきたリンダは、紅茶のポットとカップをのせたトレイのほかに、ひと口サイズのマフィンやタルトやサンドイッチを並べた、鳥かごみたいなスタンドを手にしていた。

「わあ、きれい！　おいしそう！」

「あなた、お砂糖とミルクは？　それともレモン？」

「いりません。ストレートで」

「まあ、本格派なのね」

「いただきます」

ニックの家で、パンケーキとフルーツサラダとオムレットの朝ごはんをたらふく食べさせてもらって、お昼はもう何も入らないと思っていたのに、見た目の可愛らしさに惹かれて、ついつい手が伸びる。

ぱくぱく食べているわたしを、リンダは目を細めて見ている。

そういえば、きゅうりとヨーグルトのサンドイッチは、ノエルの好物だった。お弁当によくこのサンドイッチを持ってきていた。

「どんどん食べて。まだ、いくらでもあるのよ」

紅茶もおいしかった。香りもいい。アメリカでは、レストランへ行っても、紅茶はティバッグで出てくることが多い。葉っぱからていねいにいれた紅茶は今回の旅行中、初めて味わっている。わたしはコーヒーよりも紅茶が好きなので、うれしかった。何度もおかわりをした。

ふたりでお茶を飲みながら、お菓子を食べているあいだに、リンダが話してくれたのは、ノエルの思い出話だった。

幼いころのこと、小学生時代のこと、家族で出かけたヨーロッパ旅行のこと。知っている話もあれば、知らない話もあった。

毎年、夏のバカンスを過ごしていたというメイン州ケープコッド。その海辺で遊んだときの写真や、ノエルが拾って集めていたという貝がらのコレクションも、見せてもらった。

リンダと、ノエルのお父さん、マイケルが結婚したのは、クリスマスの翌日だったという。ノエルが生まれたのは、翌年のクリスマスイブだった。だからふたりは息子を「ノエル」と名づけた。

「わが家のクリスマスは毎年、とんでもない大騒ぎになったものよ。だって、結婚記念日と誕生日とクリスマスがいっぺんに来るんだもの」

リンダのしゃべり方は、ノエルにそっくりだった。いや、ノエルがリンダにそっくりだったと言うべきなのか。

やさしく、やさしく、猫の背中を撫でるようにして、相手をまるごと包みこむようにして、あたたかく、やわらかく、リンダは話す。

声もノエルに似ている気がした。

会話のとちゅうで、ふと視線をはずして網戸の向こうに目をやるタイミングや、相槌の打ち方や、ちょっとした仕草や、足の組み方までも。

それは、わたしがリンダに「ノエル」を見つけだそうとしていたからかもしれない。

あるいは、リンダのなかに住んでいるノエルに会いたかったから。

お姉さんのジェシカは、一度も姿をあらわさなかった。

家のどこかに「いる」ような気もしたし、わたしが来るのと入れかわりに、どこかへ出かけてしまったような気もした。

小一時間が過ぎて、紅茶のポットがすっかり空になったころ、リンダが言った。

それまでのふんわりした言い方と、まったく同じ口調だった。

「大切なあの子をあんな形で奪われて、何度、私も死のうと思ったことか。死ねば、この苦しみから解放されるかもしれないと思ったし、死ねば、あの子のそばに行けるかもしれないって、思った。行って、抱きしめてあげたいと思った」

リンダの声はふるえていた。

「私は医師だからね、どうすれば死ねるのか、その方法だってわかっているのよ」

思わず椅子から立ちあがって、わたしは彼女のそばへ行き、とがった肩に手をまわしていた。

わたしの手をつかんで、にぎったまま、リンダは言った。

「ねえ、ナナ。正しいことと、間違っていること、つまり、何が正しくて、正しくないか。それは、その時代、その時代によって、そしてその時代を生きている人によって、変わってくるものだと思うし、法律にしたって、制度にしたって、哲学や宗教や思想でさえも、時の流れによる変化や違いからは逃れられないと、私は思うの」

もしかしたらここでも、死刑の話が始まるのだろうか。

そう思って、わたしは少し身がまえた。

「唯一、この世で変わらないもの。太古の昔から現在まで、永遠に変わることのないもの。あなたは、なんだと思う？」

いきなり訊かれたけれど、わたしは驚かなかった。なぜなら高校時代、先生や友だちからも訊かれたことのある質問だったから。

椅子に座りなおしてから、わたしは答えた。

「……愛、でしょうか？」

リンダはふふっと笑った。

先生が生徒の答えに満足しているような微笑み。

「いい答えね。私もその答えが好きだわ。私はね、良心だと思うの。良心も愛の一種でしょう？」

ひと呼吸だけおいて、リンダはつづけた。

「許すことも、愛の一種だと思うの。もしかしたらそれが、すべてかもしれない」

「許すって、あの、それは……」

あの事件を？　あの事件の犯人を？

そのことばは、口にできない。

「そうよ。ノエルの命を奪った人を許すことでしか、私たちはこの悲しみを乗りこえられない。だれもが、じゅうぶん苦しんだの。じゅうぶん過ぎるくらい、苦しんだ。だからあとはもう、許すしかない。これが、私とマイケルが導きだした結論なの」

「結論は、許すこと？」

この結論に達するまで、この人はどれほどの涙を流したことだろう。

この出口が見えてくるまでに、過ごさなくてはならなかった時間と、苦しみと、暗闇に包まれた長い道のり。

「それでもまだ、許せないって思う日もあるし、死ねばいい、苦しみながら、殺されるがいいって、思うこともあるのよ。それはそうよ、私だって弱い人間だもの。そんなにイージーにマリア様にはなれないわ」

ここに来る前に見た「早期死刑を求める署名運動」の光景を、わたしは思いだす。怒りの声を上げていた人たちの姿を、高くかかげられていた幼子たちの写真を、「死刑を勝ちとれ」と書かれた立て看板を。

わたしは言った。

ことばは、今、このときのために存在している。

「あなたを尊敬します。人ができないことを、しようとしているあなたを。しかも、受け身で許すのではなくて、能動的に許そうとしているあなたを」

「ありがとう、ナナ。あなたにこんな話をするつもりはなかったんだけど、でもきっとあの子が話させてくれたんだと思うわ。数ヶ月前まで、私とマイケルは、犯人の両親を訴える裁判を起こそうとしていたの。両親の教育方針に問題があって、両親の監督不行き届きがあの犯罪を引きおこしたのではないかって。そんな理屈、明らかに間違ってる、と、今の私にはわかっている。子どもが起こした犯罪の責任を、親は取る義務もないし、責められる筋合いもないと、私は思うに至ったの。だって、親と子は、別々の人間よ。仮にその子どもが死刑囚でも、親は良識のある市民なの。もちろんその逆もあるでしょう。あのころは、訴訟をすることによって、救われようとしていたの。何かしないではいられなかったの。もちろん、早期死刑を求める運動にも参加していたわよ。グループの中心になって、活動していたの。マスコミにも報道させたし、署名もたくさん集めたわ」

「だけど、やめてしまった？」

「そう、やめてしまった。ほとほと、いやになったの。憎悪は憎悪しか、生みださないとわかったから。たとえ犯人が死刑になっても、この苦しみは終わらないとわかったから。息子を殺した人を許す、なんて、きれいごとかもしれない。でもそのきれいごとにすがってみたいと、今は思っているの」

かすかな足音がして、猫が長椅子から飛びおりた。

そして、リンダの足もとから膝の上に飛びのろうとしている。足腰が弱っているせいか、跳躍できないでいる。

わたしは猫を床から抱きとって、リンダに手わたした。

受けとって、リンダは白い毛に顔をうずめると「いい子、いい子」とつぶやいた。わたしに涙を見られまいとしている行為のようにも見えた。

いつのまにか、雨が降りはじめていた。

もわっとした風が網戸をくぐりぬけて、土と草の香りを運んでくる。

遠くで、雷の音がしている。

リンダの悲しみが、空から降ってきているようだと思った。

ニックに迎えに来てもらって、ニックの家のゲストハウスにもどってから、わたしは荷づくりを始めた。

旅行鞄の底にジーンズとTシャツを敷きつめ、洗面用具の入ったポーチを入れて、それらのすきまに、ソックスや下着類を押しこんでいく。クロエからお土産にもらった小さなピンク色の石——クロエの手書きの文字で「LOVE」と刻まれている——はハンカチで幾重にも包んでから、鞄の内ポケットにおさめた。

眠れない夜に、クロエがにぎりしめているという「愛の石」——。

「あたしはほかにもいっぱい持ってるから、この特別な一個は、ナナにあげる」

「特別なの？」

「うん、その昔、イーサンとノエルにも、同じものをあげたことがあるの」

クロエのことばに、イーサンの笑顔が重なる。モノクロの世界で、「その人」にだけ、色がついていたの、と、クロエが表現した人の笑顔だ。

あのふたりが、近くにいながら離れ離れになっている現実を、まだ認めたくないわたしがいる。たがいのことを強く思いあっているのに、気持ちを伝えられないままでいるふたり。

日本へもどったら、手紙を書こうと思った。

クロエにはイーサンのことを、イーサンにはクロエのことを、わたしなりのことばで伝えよう。いつか、ふたりがまたもとのふたりにもどってくれたら、卒業旅行だって、実現できるかもしれない。

そのことを、だれよりも望んでいるのはノエルなんだと思う。

来年の夏も、再来年の夏も、わたしはここへもどってくるからね。

そんな思いをこめて、積みかさねた衣服の上に、ノエルのお母さんからもらった、一冊の本をのせた。

「この本は、あなたといっしょに、日本へ旅したがっているわ」

白いブックカバーのかかっているペーパーバック。

ジャック・ケルアックの『オン・ザ・ロード』――ノエルの形見だ。


夕方にはみんなで、イタリアンレストランへ夕ごはんを食べに行った。何事もなかったかのように、ベスとトムはワインを飲みながらラビオリを、ニックはパスタを、わたしとローラはピザを分けあって食べた。

もどってきたあと、イーサンとクロエにメールを書いた。

あしたは出発日だ。

あしたの朝、飛行機でアルバニーまでもどって、そこから電車でマンハッタンへ向かい、空港ホテルで一泊したあと、成田行きの飛行機に乗って、日本へもどる。

ふたりに会えてうれしかった。

ニックとローラにも会えたし、ノエルのお母さんに会って話もできて、よかった。

いい旅だったよ。元気でね。またいつか、訪ねてくるよ。

月並な別れのあいさつのことばを並べたあとに、書きおろしたばかりの詩を添えた。

昔みんなでそうしたように、これが歌になったらいいなと思って、書いた。

でもそんなことにはならないだろうと、あきらめてもいた。

タイトルは「最後の日じゃない」――。

ノエルに捧げるレクイエムのつもりで書いた。原詩はこうだ。いつものように、この詩を英語に直訳して、ふたりに送った。

最後にあなたに会ったのは
あなたがわたしを見送りに来てくれた
空港だったね
みんなといっしょに手をふって
あなたは笑顔で見送ってくれた
遠いところへ行ってしまうわけじゃない
わたしはわたしの故郷にもどるだけ
だからこれは別れじゃない
またすぐにもどってくるよって約束した

あれが最後の日になるなんて
あれが最後の日になるなんて

だけどわたしは泣かないよ
悲しみが雨に変わって
青い空から降ってきて
地上に降りそそいでくれるから
だからわたしは泣かないで
ただこの雨に打たれているよ
悲しみよ　もっと降れ
遠いところへ行ってしまった
あなたにもこの愛が届くように

あれが最後の日じゃないよ
あれが最後の日じゃないよ

土曜の夜、ひと晩中、降りつづいていた雨はきっぱり上がって、初夏の空は、太陽が昇る前から青く、光りかがやいていた。

わたしは早起きをして、ゲストハウスに備えつけられているコーヒーメーカーでコーヒーをいれ、マグカップを手にして、はだしで芝生の庭に出た。

青々とした空気を胸いっぱいに吸いこんで、朝つゆを踏みながら歩いているとき、ジーンズのうしろポケットのなかでスマートフォンがふるえた。

取りだすと、イーサンからのメッセージが着信していた。

〈おはよう、元気？　ボクたちはきょう、ウッドストックへ向かう。昼過ぎには、ビッグ・ピンクにチェックインする予定。向こうで集合しようぜ！　じゃあな〉

一瞬、なんのことかわからなかった。

イーサンが操作をあやまって、別の人に送るべきテキストメッセージをわたしに送ってきたのかと思った。

ボクたち？

ウッドストック？

ビッグ・ピンク？

まさか、これって、イーサンとクロエがウッドストックに来て、ボブ・ディランとザ・バンドゆかりの家、今は宿泊施設になっているビッグ・ピンクにチェックインするってこと？

カフェインが効いてきたのか、やっと意味がつかめた。

ほとんど同時に、母屋のほうから、ニックが飛びだしてくるのが見えた。

「ナナ～、ナナ～、たいへんだ。至急、出発だ。用意はできてる？　すぐに出られる？」

わたしはニックに駆けよっていった。

頭のなかでパタパタとカードがめくれている。今から五分以内に、やるべきことを思いうかべる。

弾んでいる息をととのえながら、答えた。

「うん、すぐに出られる。飛行機はキャンセルする。車で行くんでしょ？　ローラもいっしょね？」

「三人で行く。向こうで全員集合だ！」

「やった～！」

叫びながら、わたしたちはハイタッチをした。

ここからウッドストックまでは、高速道路をぶっ飛ばせば、七時間ほどで行ける。今はまだ六時過ぎだ。

すぐに出れば、お昼過ぎには着けるだろう。

夢のような展開に、わたしは思わず、頬をつねりそうになる。

夢じゃない。

旅行鞄を積みこんで、イーサンのソウルメイト、ニックのドラムセット、わたしのキーボード、ノエルの白いベースギターも積みこんだ。アンプとマイクとスピーカーも。

ガレージから意気揚々と車を出そうとしているところへ、車寄せの道を家に向かって走ってくる一台の車が見えた。

なんの特徴もないブルーグレイの小型車だ。

ローラがFワードをつぶやいた。

「あれって、ジェシカの車よ。なんなの？　彼女、なんの用？」

ニックも首をかしげている。

わたしの心臓はどきどきしている。

「あの、ついさっき、わたしからリンダに、お礼とさようならのついでに、みんなでウッドストックへ行きますって、伝えておいたんだけど。それがまずかったのかな……」

「そりゃあ、まずいよ」

「何か、いちゃもんでもつけに来たんでしょ。いやだな、うっとうしい。ナナ、あなた、対応してくれない？」

「わかった」

わたしはそう言って、車を降りた。

目の前に停まっている小型車に近づいていく。

すーっと運転席の窓があいて、ジェシカが顔をのぞかせた。

「ハーイ、ナナ。突然ごめんね。今朝、マムから聞いて、あわてて走ってきたの。あなたたち、ウッドストックへ行くんでしょ？」

「ええ、向こうで、イーサンとクロエにも会います」

「そう、だったらちょうどいいわ。これを持っていって。というよりも、連れていってと言うべきかしら」

彼女は助手席に置いてあった「これ」を取りあげて、わたしに差しだそうとした。

受けとる前から、それがなんなのか、わかってしまった。

それほど大きくはない。ちょうど一冊の単行本くらいの大きさの、それはノエルの肖像写真だった。

写真のなかで、ノエルは白い猫を抱いて微笑んでいる。あのポーチで撮影されたものだとわかった。高一くらいだろうか。髪の毛がまだ長い。極端に短くしたのは、高二の夏からだった。

「じゃあね、あのふたりによろしく。今度、ちゃんと遊びに来てと伝えて。私のこと、そんなに怖がらなくてもいいからって、あなたから言っておいて」

それだけを言うと、彼女はアクセルを踏み、ハンドルを大きく切って方向を変え、来た道を引きかえしていった。

あっというまのできごとだった。

ニックの車にもどって、ノエルの写真を見せると、ふたりは声を合わせて「へえっ！」と言った。

驚きよりも、喜びが大きいように見えた。

「許してくれたのかな？」

と、ニックが言った。

「当たり前じゃない。最初から何も、悪いことなんかしていないんだもの。許すも許さないもないでしょ。反省してるんだよ、きっと」

と、ローラが言った。

「よかったね」

と、わたしは言った。

なんとなく、本当になんとなくではあるけれど、心のどこかで、こうなることを予想していた。リンダが「許すという結論を導いた」と語ったときから、予感があった。ジェシカも、許すことで乗りこえようとしているのではないか、と。

「さあ、出発だ！」

玄関の前では、ベスとトムが手をふっている。

二匹の犬たちはとちゅうまで、車のあとを追いかけてきた。


カントリーロードを走りぬけて、高速道路に乗りいれたとき、クロエからメールが届いた。あけると、そこには、リライトされた英詩「ノー・ラスト・デイズ」だけが書かれていた。

That lonely airport
Where we spent our final day
Waving goodbye to band mates
Taking in the warmth of your smile
Not going real far away
Just to my old hometown
Not a final goodbye
Just a quick see you again

Our last day together

そこまで読みすすめたとき、クロエの歌声が聞こえてきた。そんな気がした。ニックのドラムも聞こえてくる。イーサンのリードギターも、ノエルのベースギターも。わたしもあわてて、キーボードの前に座る。

するすると、メロディが姿をあらわす。

草原のなかに隠されていた、ひとすじの道が見えてくる。

明るい陽射しの降りそそぐ秋の小道が。

粉雪の舞いおちる真冬の小道が。

今は五月。夏は今、生まれたばかりだ。

これから成長していく夏といっしょに、わたしたちは走っている。

車はぐんぐんスピードを上げて、まっすぐな高速道路を突きすすんでいる。

事件が、犯罪が、死が遠ざかる。罪と罰が、死刑の是非が遠ざかる。憎しみが遠ざかる。悲しみが遠ざかる。きっとまた近づいてくるだろう。

それらが消えてなくなることは、ない。

でも今は、確実に遠ざかっている。

ふたたび近づいてきたときに、それらに対抗できる力を養いたいとわたしは思う。そういう力がほしい。それは「考える力」「生きていく力」と呼べる力に違いない。

「愛する力」そして「許す力」に違いない。

Not planning to cry now
Just give it up to the rain
Falling down from the blue sky
Drenching the earth below
My tears are on hold now
Washed clean by the rain

Lay into me, unhappiness
Help me send my love on out
To the other shore

No last days together
Never a last day together

わたしたちの目の前には、一本の道が延びている。
わたしはノエルの写真を抱きしめる。
いっしょに行こうね、卒業旅行。
友を、胸に、抱きしめる。

My Dream Last Night p10

Endless nights, in bed beside you
Waking up at midnight
Your laughter makes me all right
Wind in the trees blowing through

In my dreams, strumming out a tune
Waking in the morning light
Laughter from my dream last night
Are you all right? Well I am too

Are you all right? Well I am too
Are you all right? Well I am too
Are you all right? Well I am too

Givin' Wings to the Pain p34

It's not in reality
It's not in your world
It's all in your mindscape
That's where it unfurls

Don't look to the past
Don't look to today
Your worries are in the future
That's where they all stay

I'm keepin it livin',
Lovin' and pure
Drivin' all the pain out
Stayin' easy and secure

Magic Glasses p67

When I was a young girl
I yearned for magic glasses
I put them on, looked through the lenses
A world in black and white, with one exception
You, the color in my dreams

Wearing my glasses, seeing the world
I searched for the person of my dreams
The girl who trusted in magic
Became a woman bewitched, enchanted

We're Country Boys p92

I was born in a small town
A cute baby from day one
My forefathers built this town
Made it shine in the sun

We're a pair of country boys
Kings of the back hills
Friends that write the country songs
That keep the world chill
We're making music tonight
Singin' till the dawn's early light

No Last Days p221

That lonely airport
Where we spent our final day
Waving goodbye to band mates
Taking in the warmth of your smile
Not going real far away
Just to my old hometown
Not a final goodbye
Just a quick see you again

Our last day together
Spent our last day together

Not planning to cry now
Just give it up to the rain
Falling down from the blue sky
Drenching the earth below
My tears are on hold now
Washed clean by the rain
Lay into me, unhappiness
Help me send my love on out
To the other shore

No last days together
Never a last day together

Written by Rui Kodemari

参考文献

『おやすみの歌が消えて』リアノン・ネイヴィン著　越前敏弥訳（集英社）
『息子が殺人犯になった　コロンバイン高校銃乱射事件・加害生徒の母の告白』
　スー・クレボルド著　仁木めぐみ訳（亜紀書房）
『アーミッシュの赦し　なぜ彼らはすぐに犯人とその家族を赦したのか』
　ドナルド・B・クレイビル、スティーブン・M・ノルト、
　デヴィッド・L・ウィーバー＝ザーカー著　青木玲訳（亜紀書房）
『死と生きる　獄中哲学対話』池田晶子・陸田真志著（新潮社）
『死刑 その哲学的考察』萱野稔人著（ちくま新書）
『恩赦と死刑囚』斎藤充功著（洋泉社）
『永山則夫　封印された鑑定記録』『裁かれた命　死刑囚から届いた手紙』『教誨師』『死刑の基準「永山裁判」が遺したもの』以上4作、堀川惠子著（講談社文庫）
『宅間守 精神鑑定書　精神医療と刑事司法のはざまで』岡江晃著（亜紀書房）
『「宅間守 精神鑑定書」を読む』飢餓陣営・佐藤幹夫編（言視舎）
『死刑囚と出会って　今、なぜ死刑廃止か』日方ヒロコ著（インパクト出版会）

この作品は、書き下ろしのフィクションです。登場する人物は、実在の人物とはいっさい関係がありません。作中に出てくる乱射事件は、筆者の創作です。本作を構想するにあたって、右記の書籍を参考にしました。

著者

小手鞠るい *Rui Kodemari*

一九五六年岡山県生まれ。同志社大学卒業。小説家。詩とメルヘン賞、海燕新人文学賞、島清恋愛文学賞、ボローニャ国際児童図書賞などを受賞。二〇一九年には『ある晴れた夏の朝』(偕成社)で、子どもの本研究会第三回作品賞、小学館児童出版文化賞を受賞。主な作品に『エンキョリレンアイ』『きみの声を聞かせて』『アップルソング』『思春期』『初恋まねき猫』『放課後の文章教室』『空から森が降ってくる』『窓』など多数。一九九二年に渡米、ニューヨーク州ウッドストック在住。

イラストレーター

丹地陽子 *Yoko Tanji*

三重県生まれ。東京藝術大学美術学部デザイン科卒業。イラストレーターとして、書籍・雑誌・広告・webなどで活躍中。絵本作品に『ナイチンゲール』、装画・挿絵の仕事に『闇の左手』『黒猫の遊歩あるいは美学講義』『サースキの笛がきこえる』「ウェストマーク戦記シリーズ」「マジックアウトシリーズ」など多数。

卒業旅行

発行　二〇二〇年十一月　初版一刷

著者　小手鞠るい

発行者　今村正樹

発行所　偕成社
〒一六二－八四五〇　東京都新宿区市谷砂土原町三－五
電話〇三－三二六〇－三二二一（販売部）
〇三－三二六〇－三二二九（編集部）
http://www.kaiseisha.co.jp/

印刷　三美印刷株式会社

製本　株式会社　常川製本

NDC913　230p.　20cm　ISBN978-4-03-643220-2

本のご注文は電話・ファックスまたはEメールでお受けしています。
Tel：03-3260-3221 Fax：03-3260-3222
e-mail：sales@kaiseisha.co.jp

ある晴れた夏の朝

小手鞠るい

アメリカの8人の高校生が、
広島・長崎に落とされた原子爆弾の
是非を討論する。
アメリカ在住の作家が若い世代に問う
「戦争」の歴史と記憶。

四六判　206ページ